# 法窗夕语

*Fa Chuang Xi Yu*

邢体兴 / 著

天津出版传媒集团

百花文艺出版社

图书在版编目（CIP）数据

法窗夕语 / 邢体兴著. -- 天津：百花文艺出版社，
2024.1
ISBN 978-7-5306-8654-6

Ⅰ. ①法… Ⅱ. ①邢… Ⅲ. ①散文集–中国–当代
Ⅳ. ①I267

中国国家版本馆 CIP 数据核字（2023）第 216320 号

法窗夕语

FA CHUANG XI YU

邢体兴 著

出 版 人：薛印胜
责任编辑：张 雪
装帧设计：喵小咪
出版发行：百花文艺出版社
地　　址：天津市和平区西康路 35 号　邮编：300051
电话传真：+86-22-23332651（发行部）
　　　　　+86-22-23332656（总编室）
　　　　　+86-22-23332478（邮购部）
网址：http://www.baihuawenyi.com
印刷：三河市华东印刷有限公司
开本：880 毫米×1230 毫米　1/32
字数：175 千字
印张：6.5
版次：2024 年 1 月第 1 版
印次：2024 年 1 月第 1 次印刷
定价：58.00 元

如有印装质量问题，请与三河市华东印刷有限公司联系调换
地址：三河市燕郊冶金路口南马起乏村西
电话：19931677990　邮编：065201

# 序一
# 如歌的行板

### 郭日方

家乡和故乡没有区别。如同流经家门口的黄河水，分不清哪些含沙、哪些含泥。正是那泥沙俱下、滔滔奔流的黄河，哺育了我的童年。我走出故乡已经 60 余载，只要想想想起黄河水，我就觉得格外亲切！

我与体兴原来并不熟悉。只知道他是律师，在河南未来律师事务所工作；从事律师工作前，他在供销合作社工作，也曾在我的家乡陡门乡和郭庄乡任供销社主任。

前一段时间，我被家乡文联聘请为原阳县朗诵演讲家协会的名誉主席。体兴是该协会的副主席、秘书长，我俩以文相会，结下文缘。

欣闻体兴的散文集《法窗夕语》出版在即。他嘱我作序，我围于年事已高，视力欠佳而感到压力不小。虽然我看文字已很吃力，但因本书是家乡文友所作，细细品赏这些流淌着家乡风情的文字，聊慰乡情，何尝不是一件快事！从他的作品里，能感觉到浓浓的乡情。

乡土烙印，深有同感。离家愈久，思乡愈切。我们看惯了"诗仙"仗剑八万里的豪迈，却难悟"诗圣"颠沛流离的沧桑。二十世

1

纪六七十年代，我的家乡有我熟悉亲切的白云蓝天，有夏夜沁人心脾的槐花香、蜂蜜甜，有除夕夜的烟花漫天，还有元宵节的锣鼓旱船。每一个人、每一个节日，甚至每一个记忆都值得珍惜。体兴淳朴的语言，一次次勾起我对家乡的怀念。

散处即我处，酒乡是家乡。家乡的人们虽不富裕却淳朴善良，安贫乐道，宽厚待人。从字里行间，我看到了呈祥、曰谦、幸福这些熟悉的名字。这些真实的名字，蕴含了长辈的美好祝福。那杯酒、那些人、那些事儿我都经历过。可能就是这浑黄的河水，孕育出淳朴的家教民风。

人间烟火情，温暖世间爱。在辽阔的黄河滩，我的记忆在纠缠。村庄、茅舍、芦苇、炊烟……体兴的这些文字，如邻家的饭菜香气，熟悉而又浓烈。宋之问有"近乡情更怯，不敢问来人"之叹。杜甫有"露从今夜白，月是故乡明"之感。对于离乡的人来说，这种感觉，毋说是提起，就是后半夜的月光也能触发泪点。游子，其实就是在漂泊。

闲侃见人性，杂聊窥人生。我生于河南，工作在北京。故乡的梆子戏和京腔雅韵的皮黄都耳熟能详。豫剧如黄钟大吕，京剧似流水舒缓明亮。体兴的杂聊，亦正亦邪，似捧又贬。随手闲侃，颇见正气。抛却文字的修养，但就嬉笑怒骂间，足见人品之端方。

体兴是职业法律人，谈法律是他的专长。他的作品是在品良知、话正义，这当然与法律相关，所以说他没跑题。我挺愿意看他信手拈来的文字。毕竟他在电视台做了十年的普法栏目，我也感佩他为家乡普法做出的贡献。

从第一篇，到最后一篇，近百篇佳文，可谓洋洋大观。拜读之余，我不禁纳闷儿，体兴是律师，整天进行理性思考，哪来的时间和精力练习文学创作？再读他的文字便懂了，他写的每一篇文章，都是真实的存在。

散文题材广泛，可以抒情、叙事，可以说时事、话历史，可以夹叙夹议，更可以纵论古今。体兴把真实生活当作素材，每日记录练习。从不同的角度叙事抒情，其实，就说了一件事，那就是家乡。

看惯了语言华丽、辞藻堆砌的文字。我更喜欢体兴这种带着乡土气息的方言俚语，这才接地气，这种文风我很喜欢。

希望体兴能写出更多、更好的作品来。是为序。


（作者简介：郭曰方，中国科学院文学艺术联合会名誉主席、俄罗斯艺术科学院荣誉院士、意大利艺术研究院荣誉院士，享受国务院特殊津贴。）

# 序二
## 阅后三叹

金国强

认真阅读了邢体兴的散文随笔《法窗夕语》，我有三叹：一叹语言；二叹内容；三叹他浓浓的感恩情怀。

先说其语言。在《法窗夕语》四个风格迥异的部分有华丽诗化的语言，有平实朴素的语言，更富有思辨的语言。

华丽诗化的语言在《悬河之侧，我明黄的肤色》《大河长歌》等篇表现突出，如在《悬河之侧，我明黄的肤色》中写道："没有黄土之咸，哪有蜜之甘甜？没有野风之摧残，哪来我们臂膀之浑圆。野性的雄风，吹绿了黄土地；勤劳的汗水，滋润了黄土地；刀耕火种的岁月，播入了黄土地……"

《大河长歌》《观炊烟》《闲侃杂聊》三部分则以平实为基调，生动、真切、传神地描绘了作者的生活经历。其中《夏日坏场》《抡瓦老师》《黄河酒风》等表现得更为细致。《夏日坏场》里写道"脱坯最怕的是下雨，越是下雨，家人越冒雨往坏场跑"，没有经历，没有切身体验，就不会有如此的表达。《抡瓦老师》则入微地叙写了"大小瓦"："瓦有大瓦小瓦之分。大瓦用在房屋的两椽之间，瓦肚向下，称盖瓦。小瓦在大瓦之上，瓦肚向下，称凹瓦"。当然作者写的是北方如河南黄河中下游的"凹瓦"，南方如湖南湘西等地的"凹瓦"则是肚朝下。

4

在《黄河酒风》里，他写道："开喝时，桌上的菜得是双数。如上了仨菜，则酒不能开始！性急的人会吆喝：'老板，赶快再上个菜，要不没法喝！'或干脆从桌上撤下一盘菜来，说：'早剃头早凉快，开始吧！'"

《辩护在苏州》等篇则体现了逻辑性，严谨、凝重，又不乏激越之情和对于底层民众的人性关怀。如在《辩护在苏州》里，他写道："公诉机关起诉时追求的是罚得其罪，而不是追求将被告人判得重，从而显示公诉人的优秀。"

以上说的是丰富的语言。也许我太看重语言在作品中的作用了。感触太深，说得太多了。下面谈谈本书作为随笔所涉猎的丰富的内容。

例如，对于日常生活，他如实地描摹了许多场景，抡瓦，装窑，推水车，要酒风儿，偷灯盏儿等等；例如对于朋友的追述，在《阿邓》《小石头》《笨人王老大》里，不但记述了过往的趣事，还有糗事；例如对于驹叔、表哥、大哥大嫂，对于父母的怀念。

例如对于文学创作的反思，例如关于律政剧编、导、演的离谱和常识的缺乏……

老话新评，新事新说，方方面面，都是他自己的视角、关怀。

其三，感恩之情四溢。

如对于父母的感恩之情就浓缩在《布鞋》《老屋灶台》《又近年关》《闲话灯盏》里；对于兄嫂的感恩则体现在《我的大哥大嫂》里；对于妻子的感恩倾诉在《说什么孝道》里；对于同事的感恩书写在《主任老赵》里；对于朋友的感恩流淌在《河到三门峡》《风雨兼程》里，甚至对于红过脸、苛责过他的朋友同样是念念不忘，不忘朋友的好，不忘朋友在自己的成长、执业过程中曾经给予的点点滴滴扶持；此外，他也确实发自内心地对党对国家怀有感恩之心，感恩他生于斯长于斯的美好时代。

览阅一本书，览阅一个人。一个人，有优雅的表达，有宽广的视野，有感恩的善心，足够了。

于祖师庙公寓

2022 年 9 月 6 日晨

6

# 目 录

## 辑一 大河长歌

1

## 辑二　又见炊烟

## 辑三 闲侃杂聊

## 辑四 法窗夕语

辑一

大河长歌

# 悬河之侧，我明黄的肤色

——假如没有黄土，我们就失去了这明黄的肌肤；油汪汪的黄土，繁衍铸就了这个茂盛的民族。

## 一

黄河是我的家乡。

阵阵低沉忧伤的号子伴着缕缕恬静的炊烟在岸边回荡。凝重呜咽的唢呐，倾诉着重重的心曲。

命运选择了这荒漠。这山贫瘠、这窝闭塞，这水土流失严重的黄土地。

从此苦涩的泪水，野性的雄风，粗犷的暴雨，便刀耕火种般承载了坎坷困顿的记忆。

在阡陌荒凉的小道上，那如弓的躯体是一幅版画。劈石开山，将一腔粗犷的号子，洒向盛产畅想的富强路。

由这山到那山。一座山，是一条汉子。一条条汉子，都是黄土地的忠诚卫士，一个卫士簇拥着一个卫士，筑得黄土之塬，这般淳厚天然。

## 二

黄土地的儿女，是一群野性的莽汉，一群不修边幅的女人。我们都有一身明黄的皮肤，这是母亲留给的印记。

辑一　大河长歌

黄土地的儿女，是烈性的酒，是不熄的火；五千年绵延，生生不息！

古拙的锅庄、震天的盘鼓、单调的花儿、豁牙露齿的编花篮，顺流而下的梆子曲。

一支支震撼山岳的恋歌，在双腮如松针的胡子树上，不知结满了多少年的相思果！

没有黄土之咸，哪有蜜之甘甜；没有野风之摧残，哪来我们臂膀之浑圆。

### 三

一头老牛拉着古老的铧犁，把一颗颗灼灼如火的心埋进黄土深层。

一辆古老的纺车慢悠悠地旋转，转没了日月星辰，转出了四季花香。

黄土地啊，你这条流动的河……

### 四

站在黄土塬的最高处俯瞰。

今天的黄土地，就是一幅绚丽多姿的壮美画卷。

那肥美的田野，是农人的号子和铁牛轰鸣的合奏曲吗？

那纵横交错，起伏盘旋的高速公路，是您澎湃的血管吗？

那座座挺立的松峰，是您血脉贲张的心音吗？

那不夜城耸立的楼房、凌空腾跃的飞虹，是时代的组合橱吗？

刚烈的风正伴着及时的雨，洒向这季节，洒向黄土地。这是我的家乡啊！

### 五

野性的雄风，吹绿了黄土地；勤劳的汗水，滋润了黄土地；刀耕火种的岁月，播入这黄土地。

于是，黄土地不再穷山恶水；不再是满目疮痍。

家乡的人民养活了黄土地，黄土地养育了我们这帮儿女。

我们潇洒奔腾在这黄土地，我们是这土地上真正的奇迹！

## 六

从赤贫到富足，在这明黄的黄土地上，我们用奋斗书写历史的壮丽。

黄土地，见证了一个漫长而痛苦的复兴。

黄土地，见证了一个国家在东方绚丽的崛起。

你看，黄土地上，劲风般踏过来一支支强悍队伍。

你看，黄土地上，呼啦啦闯过来一杆杆艳红的旗——

# 大河长歌

在中国的版图上，以秦岭淮河为界，划为南方与北方。南方繁华秀丽，以温婉示人；北方沉稳浑厚，以壮阔著称。自古以来，人们又把北方的黄河流域称作中华民族的摇篮，不无道理。

河南多古都，在全国八大古都中占半壁江山；洛阳、开封、安阳、郑州都是位于河南的重要古城。行走河南，你哪一脚没注意，拿不准就会踩到古迹。

大凡古人建都的地方，多与河流有关；洛阳有洛水、开封有汴水、安阳有洹水、郑州则临黄河。帝王们的身后事，也极愿托付河南，所谓"生在苏杭，死藏北邙"。

远古，大禹在洛阳洛宁县境内的洛河中，得到神龟背驮的"洛书"。依此劈三门（神门、人门、鬼门），疏龙门，才有了诗仙李白："黄河三尺鲤，本在孟津居，点额不成龙，归来伴凡鱼。"的扼腕。三门开，洛水、黄河汇流入海。禹治水成功，受禅建夏朝，定都洛阳，遂划天下为九州，曰：荆、梁、雍、豫、徐、扬、青、兖、冀（即古九州名）。

商建都于郑州（亳），迁于安阳（殷）。而武王在洛阳孟津会盟后，举兵讨伐，灭了商。

周武王灭商后的第一件事，就是想把九鼎搬运到周朝的国都镐京（今陕西西安市，称宗周）。鼎到洛阳则岿然不动，无奈将九鼎安放洛阳。武王去世前，召公到洛阳选址营建成周（洛阳）。周武王去世，成王立，周公摄政的第五年，开始动工建设洛阳。周成王在周公旦的辅佐下建成了洛阳，在太庙定鼎，表示周朝已完成灭商大业。

洛阳的建成，开了两京制的先河。以陕州立柱为界，召公治理陕州以西，周公治理陕州以东，称为"分陕而治"，成就了中国有记载的第一个盛世"成康盛世"，开创了周朝八百年的基业。

秦武王四年，秦国攻占韩国重镇宜阳。然后直入洛阳，以窥周室。其时，周朝王室式微，周赧王遣使郊迎，秦武王围九鼎观览，赞叹不已。秦武王指雍字一鼎叹道："此雍州之鼎，乃秦鼎也，寡人当携归咸阳。"守鼎的官吏说："此周武王定鼎于此，未曾移动，每鼎有千钧之重，无人能举。"秦武王两臂举鼎，不得行走。"鼎坠于地，人气绝而亡"。

到了东汉，光武帝定都洛阳。光武帝刘秀的姐姐湖阳公主家养的一个恶奴在洛阳西市杀人。犯事后，躲进公主府，妄图逃脱法律的制裁。洛阳令董宣，在公主游行途中揪出恶奴，当场正法。被称为"强项令"，是为传统曲剧之《洛阳令》，并广为流传起一句"箫鼓不鸣董少平"的民谣。

隋设洛阳为东都，开始于隋炀帝即位后的大业元年（公元605年），他命令宇文恺大规模于洛阳营建新的首都，开始了洛阳作为隋唐两代东都的历史。

历史，总是不忍仔细咂摸的。隋文帝总是被人记住他的文韬武略，却不知道隋文帝因为建都长安，两次充当逃荒到洛阳的"难民首领"。唐太宗、唐玄宗作为开国的帝王，依旧走上了隋文帝的老路子。这不仅有经济问题，还有文化问题。

在唐代朝堂之上，你要说长安方言，那就是被嘲笑的对象。唐代李涪在《刊误·切韵》中明确："中华音切，莫过东都"。

其实，将洛阳设为东都，是因为隋都长安位于关中地区，虽然

辑一 大河长歌

拥有八百里秦川，但是黄土高原本不宜耕作，南有绵延秦岭，致使关中平原地势偏狭长，收不足以供给帝都。

唐代继承了隋的制度，实行两京制。所以，洛阳在当时的地位，比肩现在的"北、上、广"。

盛唐的大多时间，都城是洛阳。因此，描写洛阳的唐诗多于描写长安的唐诗，也是这一历史事实的反映。盛唐时期，东都洛阳和长安并重，并无主副之分。到了女皇武则天时期，更是把洛阳提到"神都"的位置，长安由陪都被降格为普通城市。《旧唐书》中说得很明确："隋大业元年，自故洛城西移十八里置新都，今都城是也。"《旧唐书》中的这句话很清楚地说明，从隋大业元年开始，洛阳成为隋朝的都城，现在是唐朝的都城。

唐太宗、唐高宗、武则天、唐玄宗在位时，唐朝作为中国古代封建社会的鼎盛时期，一直重视洛阳的地位。后来唐玄宗撤回长安后，没几年就爆发了安史之乱，唐朝由此开始走下坡路。

洛阳盆地虽然不足够大，但是东连江淮，北达涿郡，为运河中心，天下税赋集中于此，隋、唐两代皇帝多次驾临洛阳，已经足够说明问题了。反观西安偏居一隅，产出不足以保障自身，除了偏居一隅带来的军事优势，一无是处。

隋、唐两朝，洛阳毫无疑问是"两京"之一。不说古代，就有铁路史以前，西安人想从陆路往东出行，最快捷最省力的路径依然是走洛阳。

北宋一首《上元词》云："日暮迎祥对御回，宫花载路锦成堆。天津桥畔鞭声过，宣德楼前扇影开。奏舜乐，进尧杯，传宣车马上天街。君王喜与民同乐，八面三呼震地来。"这描写的是宋徽宗时期，宋朝都城开封元宵节车水马龙的盛况。皇帝与民同乐，大官小吏前呼后拥，老百姓蜂拥而至，真是锣鼓喧天，人山人海。

在《宋史》和一些野史笔记之中，汴梁城不是浓墨重彩，有的甚至还只是一笔带过。但透过尘封的文字，千年以后的我们，依然能从中一窥这座千年帝都当年的繁华和富庶。当然，还有让人忍俊不禁的故事。

在当时，作为宋朝的都城，开封不但是全国政治、经济、文化、交通的中心，也是世界上人口最多、经济最发达的城市之一。从人口数量来说，据《宋史·地理》所载，开封府在宋徽宗朝有26万多户，近百万人口，最多时达150万以上。而在同一时期，世界上其他著名城市例如君士坦丁堡，其人口只有30万，京都17万，开罗12万，巴格达12万……

开封不单人口众多，而且市井繁荣。

当时开封城中店铺达六千多家。京城中心街道称御街，宽两百步，路两边是御廊。北宋政府允许市民在御廊开店设铺，沿街做买卖。为活跃经济文化，官方还放宽了宵禁，城门关得很晚，开得很早。

宋人孟元老《东京梦华录》记载："东华门外，市井最盛……凡饮食、时新花果、鱼虾鳖蟹、鹑兔脯腊、金玉珍玩、衣着，无非天下之奇。其品味若数十分，客要一二十味下酒，随索目下便有之。其岁时果瓜、蔬茹新上市，并茄瓠之类，新出每对可直三五十千，诸阁纷争以贵价取之。"可见供给之丰，需要之旺。北宋著名画家张择端的《清明上河图》，也为佐证开封市肆的繁荣提供了有力且形象的证据。

大中祥符元年（1008年），宋真宗赵恒率数千人东至泰山，举行了一场声势浩大的封禅大典。回到开封后，为庆祝封禅成功，在开封府大摆宴席，大宴群臣。宴席结束，宋真宗亲率群臣，登上开封城楼视察。当他看见城楼下的百姓衣着整洁，精神饱满的样子，非常满意，不禁感慨地对左右大臣说："都城士女繁富，皆卿等辅佐之力。"

洛阳有个"强项令"，开封则出了个"包青天"。

电视连续剧《包青天》片头曲这样唱道："开封有个包青天，铁面无私辨忠奸。"包拯出任知府后，一改陋习，大开正门，使百姓能陈述曲直，诉说冤情，缩短了审理周期，类似现在的司法制度

"有案必立、繁简分流、简易审理"的改革。

开封经过北宋一个半世纪的经营已经非常繁华了。而到北宋末期的宋徽宗手里，他又继续添砖加瓦，在搜集天下珍奇、加强皇家园林建设方面，更加重视了一把，使开封这座城市在格调和品位上，都得到了更大的提升。有道士对他说："京城东北隅，形加少高，当有多男之祥。"意思是京城东北地势太低，阴气太盛，不利于生男，要多诞皇子，唯一的办法是抬高东北地势。宋徽宗一听大喜，立即决定在京城地势最低的地方兴建一个地势最高的园林——艮岳。

这项工程前后耗时六年。其间，宋徽宗全民总动员，单是从江南运输奇石花木，就动用了上千艘船只。同时，他还把全国的名胜古迹，什么洞庭、湖口、二川、三峡、姑苏、荆楚，"括天下之美，藏古今之胜"，都通通浓缩到这里，堪称宋朝豪华版"世界之窗"。

宣和七年（1125年）冬，金军南下伐宋，围太原，破燕京，所向披靡，直抵开封，开封被围。靖康元年（1126年）八月，本已退兵的金军再次举兵南侵，又杀向开封。十一月，金兵杀到开封城下，开始疯狂攻城。在这千钧一发之际，宋钦宗竟把大宋江山和百姓安危寄希望于一位叫郭京的江湖骗子。当天，金军攻破开封，在城内烧杀抢掠达五个月之久。开封，这座当时世界上最繁华的都市，经历了有史以来最残酷的洗劫。靖康二年四月一日，金军俘虏徽宗、钦宗父子，以及皇族、妃嫔、大臣等三千余人，押往金国，北宋灭亡。

如今，郑州已成为国家中心大都市，与开封同城发展；洛阳作为副中心城市也成了中原城市群核心发展区。

黄河之侧，郑汴洛正以崭新的姿态，屹立于九州之中。

# 河到三门峡

诗人贺敬之的《三门峡歌》，铿锵豪迈、大气磅礴，浪漫气息十足。

他讴歌了数十万人民，在黄河三门峡段战天斗地，建成三门峡大坝水利工程，造福中下游的历史史诗！这首诗，就当代而言，以诗歌写三门峡者，无出其右！

这可能也是我写三门峡，一直不敢下笔的主要原因。大有诗人李白"眼前有景道不得，崔颢题诗在上头"的遗憾！

黄河，肠径盘绕，穿山越涧，行程数千公里。入豫的第一个城市，就是三门峡。这城市又以神、鬼、人三门而得名。这名字本身就是个历史符号，更是黄河由高地转入平原的重要节点。相传大禹治水，挥神斧、凿龙门、开砥柱，将高山劈成三道峡谷，泄黄河水滔滔东去。

其实，三门峡位于豫晋陕交界，位于秦岭余脉崤山山麓。千里雄关函谷关矗立境内。古时崤山与函谷关，被并称为"崤函地险，襟带两京"之塞。

三门峡市，是伴随"万里黄河第一坝"，三门峡水利枢纽的建设而崛起的一座新兴城市。1957年，为了根治黄河，三门峡大坝工程开工。1960年基本建成。主坝为混凝土重力坝，枢纽设计装机容

11

量四十万千瓦，控制黄河来沙98%、来水89%。起到了"储清排浑"的防洪、防凌、灌溉、发电、供水、减淤的重要作用。因大坝蓄水而形成的淤泥湿地，引来白天鹅栖息，三门峡又被称为"天鹅之城"，成了河南的重要"旅游城市"。

2004年，我和国强兄要完成一桩心愿。我们跑三门峡、串洛阳，征求意见，是为了出版未来诗文集。我们首先拜访未来文学社的副社长陈慧。接到电话，陈慧姐那干净清脆的女高音通过话筒清晰传来，时而伴随爽朗的笑声。我们要住宾馆，她坚持要求住她家，真是拗她不过。

殿杰兄姓李，是陈慧姐的丈夫，也是原阳县人。最初在市财政局工作，我们见面时，他已是一家建设工程评估师事务所的负责人。他俩老家的村相邻，陈慧姐是教师，也是因为爱情，她才从原阳调到三门峡棉纺厂子弟学校教书。

一见面，这俩人的热情，弄得我们都有点不好意思。

都是原阳人，话题就格外多，殿杰兄带去酒店三瓶好酒。开始喝酒时我们才知道殿杰兄心脏不好，不饮酒。但他坚持说："今天例外，喝！"两瓶酒下肚，酒酣耳热，谈兴方浓。谈理想、谈文学、谈家乡事儿。殿杰兄当时就给虢国博物馆的馆长打电话，安排第二天的行程。上午先去看车马坑、再看虢国博物馆，晚上去陕州吃八大碗、住地坑院！

回到家，四人还谈兴不减。陈慧姐的姑娘叫瑞雪，我说："恁俩一定再要一个男孩儿，就叫丰年。瑞雪兆丰年嘛！"

第二天，陈慧姐说："殿杰昨晚一夜没睡，酒喝多了，心脏不舒服。今天他就失陪了，我陪你们出去玩。"果然到景点，陈慧姐打个电话，就有人接待。后来知道，像虢国博物馆这样的工程造价评估，都是殿杰兄他们事务所做的。

参观完虢国博物馆、三门峡水利枢纽工程，我们俩坚持要走。说还要到洛阳张华那儿去，陈慧姐一再挽留。最后，我们还是没有和殿杰兄再见上面，就离开了。

时隔多年，突然听说了殿杰兄去世的消息！我立即和陈慧姐联系，托顺哥表示问候。那段时间我就想，陈慧姐一个人远在三门峡，她能不能撑得住？

2020 年，未来文学社的诗文集《青春记忆》正式出版。我们利用五一假期，召开发行研讨会。陈慧姐是头一天就报到的。

一去十数年。陈慧姐已退休。她虽头发花白，精神还挺好。那时的"文青"，现在已有些佛系。

黄河小浪底水利枢纽建成后。三门峡大坝便显得有些无足轻重。

未来文学社作品集，起名《青春记忆》，恰如其分。

一群年轻人，为了自己的文学梦，相聚十数年，又数十年纯情不散。虽然青春不再，但每每想起，都会吹过年轻的风，自己登时清醒！

现在的交通如此发达，通讯更是便捷。文友见面的时间其实并不多。前些年，大家都是各忙各的，很难两全。

从 2021 年起，我和国强兄就有意识地减少业务量，能不办的案件就不办，大多案件让年轻人干，或干脆撒手。在这点上，国强兄比我还爽利。

想起三门峡。陈慧姐是绕不开的主题！有时间了，我一定得再去看看她！

# 一朵花儿的新闻

前不久，有新闻称，河南洛阳王城公园内"一朵价值 10 万元的绿牡丹"被游客摘走了。

被游客摘走的绿牡丹，品种叫"春柳"。这花初开碧绿，盛开时花瓣端部绿色，中间淡绿色，基部粉色，有时盛开时也会变成白色。物以稀为贵，它是一朵"网红"牡丹。

培育这朵花，投入了大量的人力、物力。"春柳"因此显得颇为珍贵，不知道新闻中的"价值 10 万元"是否曾经过第三方鉴定，是怎么推断这花朵价值的？

就实际的价值而言，一朵花无论是绿牡丹、红牡丹、白牡丹抑或是别的什么花，它就是那种一枯一荣的植物。从人的视觉看，色彩艳丽，绿牡丹别具一格。要从狗的眼里看，都是黑白色，没有任何区别。所以说作为新闻，为了让人看，这报道就一定得有价值。如果不以金钱来评判这朵花的价值，它肯定不能成一则吸眼球的新闻。

岁月轮回，花该开的时候自然会开，你不让它开，它也要开。大凡把花赋予精神意志，就与花本身的价值没有半毛钱关系了。

春天会如约而至，花开是再自然不过的事情。

等到又一年的春天到，花又开了。它昭示我们人生是如此的短暂。韶光易逝，李广难封，是常有的事。看到花开，我们或许会重新鼓起一些仍不安分的冲动。

　　注视一朵花，会让人想起很多事。那些逝去的亲人、朋友；那些明丽清晰的爱情；那一首诗一句话的感动；心中影响深刻的那些事那些人。所有的这些，都是过去式。看到花，你禁不住会翻捡那些尘封的记忆！

　　就在这新闻发布后的一个月。被称为"洛阳牡丹"的著名豫剧表演艺术家马金凤先生仙逝，时年 100 岁。马先生出身贫苦，被卖被买，历尽人间沧桑。她以精湛的艺术成就，位列"六大名旦"之中。更开豫剧"帅旦"之先河，被称为这方土地上不败的"国花牡丹"。

　　人，随时会像王城公园的那朵花被生生掐去。一朵花的新闻，是对生命的提醒，也是一种缅怀！

# 行走在开封的街

　　2022 年央视春晚的舞蹈诗剧《只此青绿》惊艳了国人。

　　没有人会把如此美景和北宋、开封、宋徽宗联系起来。懂此画作的人，也不愿与这个朝代、这个都城、这个软弱屈辱的皇帝往一处扯。

　　我所在的县城，去年开通了新 107 黄河大桥。从我的住所到开封市不到一小时的车程。说下班到开封寺门吃夜宵是极容易的事儿。我这动议当然没获得赞许，反被奚落："那地方又小又破，去过多少回了，有啥吃头儿！"

　　要是在北宋，我们这地儿应该也算京城郊区。现在我的方言，曾经是官话。也就是说，我们说得"得劲"，当年的人一开口就是京腔！

　　《只此青绿》这舞蹈来自北宋《宣和画谱》，来自当时的都城汴京，来自没有生平记载的青年画家王希孟。他是赵佶的学生，而赵佶就是当时的皇帝——宋徽宗。

　　赵佶这人，本来是个无忧无虑的文青。整天寄情山水，醉心艺术，他那钢钩铁画的书法，线条已登峰造极。突然，却被皇帝这顶大帽子砸中。赵佶心里是老大的不受用，人家本来就不是个醉心权谋的主儿。可老兄哲宗驾崩无子，老娘宣仁太后当政，端王就是狗肉，他也得上席。谁让你老娘喜欢你哩！

人生一世，五行八作、十八般武艺不可能样样精通。有牛，才有庖丁；有琴，才有俞伯牙、钟子期。人做了喜欢做的事儿，做对了事儿，才会做好。所以，赵佶是顶级的画家、书法家，却算不上个合格的皇帝。不是他不上心、不进取。人的精力有限，顾此就必然失彼！

要抬杠，一定有人会搬出毛主席他老人家来驳斥我。有人说："五百年可能会出一个孔子，一千年也难保再出个毛泽东"，说这话的可是个外国人。本来嘛！人的能力有高有低。赵佶就只能是个艺术家！

徽宗时期。中华民族可谓世界的巅峰。不仅仅在艺术上登顶，也包括国力的富足和经济的繁荣。

王希孟和张择端都是赵佶的学生。他俩学的不是一个专业，王希孟学山水，张择端攻营造绘画。赵佶作为老师，可不像现在的有些教授，课堂上来去匆匆。王希孟的《千里江山图》，得到老师的认可，入选《宣和画谱》。张择端的《清明上河图》，没入老师的法眼，该作品流落。他们俩，包括他们那一拨儿的同学，一生就像只是为了完成一部画作。他们没有留下任何其他作品或信息，甚至没有生卒年代的记录。

孟元老是一个神秘人物。一部《东京梦华录》，才让我们发现，脚下踩着的开封，在一千年前是那么的繁荣。著名酒楼七十二，无名酒肆遍京城。汴水映勾栏，灯红耀街渠。歌舞酒罢三更去，五更沿街叫卖声。透过他的指引，你可以看到一个盛世的灯红酒绿、歌舞升平。

可那金人靠着弯刀铁骑，轻而易举地砸碎了这个硕大的花瓶。他们用三个月完成一次世纪劫掠。

靖康之变，徽、钦俩皇帝及大臣家属被掳至冰天雪地。两个皇帝和他们的家人暴毙五国城。

开封，这座历经八朝的"国际都会"轰然坍塌，被历史尘封。

据说，在我脚下是"城摞城"。从夏到宋，城塬重叠，一摞一摞的。开封城，在地表十五米以下的地方，沉积着历史的回声。

1840 年以来，这一幕，再次上演。只不过是大宋变成了大清！一样的丧权辱国，一样的山河破碎。

我突然就理解了李清照的"至今思项羽，不肯过江东"。突然也体谅了她的"凄凄惨惨戚戚"！那是一腔忧患愤懑，也是忧患愤懑后的悲鸣！

地下的汴京。从被埋没，至今已近千年了。

俄乌两国，激战正酣，威胁从未走远。它总是从一个地方向另一个地方蔓延。

然而，那黄河与开封擦肩而过，仍然奔腾咆哮，一路向东。

# 凤湖随想

2021年9月，郑州市被国家评为特大城市。

河南是人口大省。就城市的人口容纳量而言，郑州实至名归。

我的家与郑州隔河相望。郑州市将会向北扩张，学武汉三镇跨河发展的小道消息，不时在乡亲们之间流传。

前段时间公布的郑州市2021-2035年的规划："东强、南动、西美、北静、中优、外联"的城市发展布局，让乡亲们飘着的心终于落了下来。

黄河之南的中轴线。有南龙湖、北龙湖两大片区。北龙湖延伸到了黄河边。

黄河北岸是我的家乡。这片区域是大面积的黄河滩涂和黄河故地。在古时，黄河在现在位置向北十数公里处流淌。新乡平原示范区的全区域，称作原武县，也叫过"卷城"。时不时归郑州、荥阳管辖。十九世纪末，这地方的五个乡，脱离了置县原阳县的管辖。被国务院命名为"郑、洛、新高新技术产业示范区"。

新乡平原示范区，为谋求发展，随着房地产热，也猛打"郑州北大门、郑州后花园"的招牌。一时间，还真忽悠得人心浮动。这片盛产"中国第一米"的所在，像上了化肥的秋庄稼，迅速长出耸云的高楼大厦来。

为了配套房地产，挖地建湖是北方城市的惯例。这套路在全国被复制了无数遍。很快，这块先秦置县的古老土地上就挖出了"凤湖"。据说这名字，对应着黄河南岸的北龙湖。"一雌一雄、龙凤呈祥"相得益彰。任谁都不会排除两个区域相互依托的关联。要的就是这效果！

　　按照南方人的理念。城市必须有水，水是城市的灵魂。尽人皆知，没有水，城市就失去了灵性。水，成了商品房开发的佐餐，必不可少。是别墅，就离不开"邻水叠翠""月墅水榭"；若高层，则非"凤御湖城、一览青绿"的广告语不能突出其尊贵。

　　这地方离郑州的确很近。在二十一世纪前后，房卖得也确实好。一时间引来了恒大、碧桂园、绿地、融创、建业等国内知名房企。房价也随郑州，水涨船高。好的地段每平方米的价格过了万，不很好的地段也要七八千一平方米。

　　二十世纪八十年代，来这地方最多的理由，是给队里的大牲口割草。

　　阡陌纵横的灌河、排河，是绿得发着亮光的稻田，是苇塘散发出的潮湿气息，是柳条穿起的小鱼小虾，是苇塘边的野鸭蛋和扑棱起来的野鸭子，是惊慌失措的水蛇，是我们玩闹嬉戏的乐园。

　　黄河是悬河。它作为"悬河"的特征，在我们这地方表现尤为突出。我们住的堤南，就比堤北高出数米。向北下了大堤，两侧就是两三米高的芦苇和蒲草。我们要割的是水蓑草、芦草，它们大都生长在苇塘中。这地方，说是苇塘，不如现在时兴的名词"湿地"更妥帖。一望无际的水甸子，不规则的三三两两的土堆，杂乱地长几棵弯着腰的高粱。水域大且多，但水都不深，肚脐下的最常见，最深的也没不过胸。大人们穿衣服下水割草，我会凫水到浅水的地方捉鱼、捡鸟蛋、捡野鸭蛋。我也满载而归了。

　　现在的凤湖就是我们小时候割草的地方。

　　凤湖是挺美的。可我心目中的这片土地，在氤氲的水汽中依然美!

如果这里长出的不是被野草簇拥的钢筋水泥，还是生长着一望无际的"中国第一米"，这土地，会不会更有价值？

凤湖的夜，光鲜亮丽。以凤湖为圆心，一栋栋高楼灯光稀疏。

# 河工轶事

"幸福渠",是在黄河滩涂上开挖的一条灌渠。"河头"从河南省武陟县东南部小刘(溜)村西南方向的黄河腰处挖河建闸。黄河水由此引流,一路向东横穿原阳县境内七个乡镇,东入封丘县。"幸福渠"在原阳县境内62公里处,在飞沙不毛的盐碱地,浇灌出了稻花飘香的"中国第一米"。"幸福渠"的确给乡亲们带来了幸福。

在我小时候,滩儿里的村庄,沙丘延绵;庄稼就长在沙谷堆周围,没有整齐划一的大块地。因了黄河水的灌溉,黄河滩的土地才有了一层层的"五花土"。但因为黄河水含沙量太大,"幸福渠"用一年,就要清淤一次。

全县各乡镇大队,每到秋冬两季,就是一个任务:挖河。

"挖河"既要挖灌渠,也得挖排河。灌渠就是幸福渠,排河有天然渠、文岩渠,但工作量最大的,还是幸福渠。

全县各公社大队,"挖河"既分片包干又要团结协作。县里冬修水利的动员大会一开,霎时,标语、横幅、旗帜,马车、牛车、驴车、架子车,人喊马嘶,寂静的河道顿时热闹起来;陌生而又熟悉的人们,有急匆匆上工的,有砌灶的,荒凉的河道顿时生机盎然。

参与挖河的民工称"河工"。"河工"其实就是本县的农民。"河工"没有什么薪资待遇，县里顶多拨给些口粮，俗称"以工代赈"。

　　我们家就住过梁寨乡的"河工"。

　　我们大队的"河工"，通常要到桥北乡（原葛庄乡）的盐店庄驻扎，去武陟县境内的"幸福渠"渠首，开挖黄河和"幸福渠"的连接处，俗称"挑河头"。

　　挖河的那些年，粮食紧张。每到入冬，大多家庭存粮告罄，人们便踊跃当"河工"。这样，不但自己能填饱肚子，还可以给家里的娃省下些口粮。

　　表哥，是葛庄乡的乡长。"挖河"的冬天，"幸福渠"里的瓜皮水已经结冰。开完现场动员会，表哥下台挽起裤腿儿，赤脚抓把铁锨就下了河。看到乡长率先下河，"河工"们就再没理由蹙眉龇牙地望河兴叹了。

　　挖河既要力气，也要技巧。一铁锨下去连水带泥要抛得高甩得远；这泥要甩到河坡的二层沿上，站在半坡的人再甩到河堤上，或在二层沿打斜坡，装上架子车，用牲畜挂上坡儿，运到河堤的外坡。这活什，说说简单，真干起来，不是壮劳力，很难做得到的。

　　到了隆冬，"河工"刚下到河里，刺骨的冰冷，待腿脚麻木，身上头上会变成了蒸笼，开始冒白汽。有的人就开始脱棉衣，到最后穿秋衣秋裤，还出汗。

　　表哥在当乡长期间，深得群众爱戴。因为他老是苦活儿累活儿抢先干。老百姓心里都有杆秤，表哥和"河工"们，同吃同住同劳动。在桥北乡，至今提起表哥"没有谁不挑大拇哥"！

　　建成，是我们大队第七生产队的。这哥们儿，大高个儿，粗胳膊壮腿，力大劲儿猛；但这人惜力，活儿是能不干肯定不干，不得不干时也是能少干绝不多干，好像他那一副粗壮的骨架和一身膘只是用于炫耀似的。可要真干起活儿来，他还是七队的第一勇将。人家站在河底，抄把铁锨，一锨方泥，连汤带泥，一把甩出，泥水在锹尖儿飞出，形成一个优美的抛物线，那泥方和水，会稳稳当当地落在河沿儿上，省去了半坡倒腾的环节。七队几十号人，没有不佩服的。

建成干活儿多出力大，当然吃得也多。七队蒸肉包子。粉条、白菜、肉馅的，一出蒸笼，热气腾腾。建成一气儿就吃八个。

我们八队，伙房盘灶的地方和七队不远。我们队包肉饺子，十口大锅里，咕嘟咕嘟地冒着热气，饺子一盘一盘地被下进去，蒸汽中都弥漫着饺子的香气。建成到我们队串门儿，看到出锅的饺子，直流口水，就觉得自己还饿。我们队的伙师书文叔就给他盛了盆儿饺子。建成没咂摸出味儿，一盆饺子就下了肚。书文叔再盛，建成再吃。如此到第四盆儿，建成是站也站不起来了，就一屁股坐地上。他试探着想躺一下，实在躺不下去，他才意识到，这次是真的吃撑了。

还好，大队卫生室的赤脚医生体绪哥随队出工。大伙儿赶紧把他找来，开了些助消化的食母生和山楂丸。建成看见又要吃东西，就哇的一声，大口大口地吐起来。唉，他这一吐，大伙儿才看到，这吐出来的饺子，有囫囵个儿的，有大半个儿的。敢情，这货吃饺子就没有嚼呀。这顿饭后，建成吃饺子——"囫囵个儿吞"这话把儿算是落下了。

近些年来，专业的挖掘机、装载机替代了河工。幸福渠，不再有人山人海的大会战。

前段时间回老家，我看到幸福渠已变得窄小，它已失去了农业命脉的最初含义。当然，一个人可以吃下四盆饺子的时代，也随之一去不复返了。

# 又闻槐花香

初夏。黄河滩区的桃花、杏花已经凋谢，沿岸的洋槐树又开花了。

槐树的花，小小的，一支分两行排列，看上去不怎么起眼，但当那雪白而密集的花苞成团、成片地挂满枝条的时候，一棵树就是一顶硕大的绿白相间的伞盖，好看极了。

那些白色的小花，又能散发出一种奇异的、令人陶醉的幽香。桃花也罢、杏花也好，都不可与之比拟。

到了晚上。夜阑人静，徐徐清风，带着淡淡甜味的花香，阵阵吹来，使得劳作了一天的人们神清气爽、困顿尽消。

老家的黄河滩区从我记事时就是沙丘遍野。为了防风固沙，人们才种上了这种喜欢在沙地上生长的洋槐树。此后，沿岸的家家户户的院里或院外也都栽上了三两棵洋槐树。由此，每到初夏，我的家乡也就笼罩在这馥郁的花香之中了。

每年的四月末、五月初，家乡的槐花开了，人们的餐桌上便免不了炒槐花、槐花蒸菜。在还不算富足的老家，槐花是既美味又廉价的菜肴了。随着经济意识的提高，乡亲们把槐花送进了城，城里的人在享受槐花美味的同时，乡亲们在经济上也得到了改善。

赶花的人，会在花期到来前几天如约而至。

每当槐花刚含苞的时候，赶花的蜂农便会从南方一路放蜂，会集到这里。他们运来大箱大箱的蜂儿，也给这里运来了欢笑和新奇。

　　他们大多是熟客，来到这儿，就直接到往年驻扎的地方。他们和善且见多识广，和家乡的人们建立了融洽的关系。

　　花开的时候，农家的小院里、辽阔的河湾上、户外村头，整个村庄、整个树林的树冠上，仿佛落了一层厚厚的白雪。

　　花开始淌蜜了！这时成群结队的蜜蜂，在空中嗡嗡地叫着，忽而飞来，忽而飞去，一排排的蜂箱被团团的蜂儿围着。蜂儿就在眼前、耳边萦绕，却没有哪家淘气的孩子敢到蜂箱跟前儿来。

　　赶花的蜂农们这时是最快乐的。他们不停地在蜂箱前忙碌着。把蜂蒇抽出来，拂去上面的蜜蜂，装到一个带手摇把手的铁桶里，随手一摇，莹白透亮的蜂蜜便被摇到了桶边、淌进了桶里。一股带着甜味的芳香扑鼻而来。那凝脂般的蜂蜜，带着蜂农的希望也被摇进桶里了。

　　蜂农们来自全国各地。有青海的、内蒙的、广西的，也有河南本地的。他们每年从南方向北方追赶着花季而来，他们采过了安徽的油菜花、新郑的枣花，待这里洋槐花谢了之后，他们还要向北赶紫荆花、向日葵花。

　　他们的收获不尽相同。如遇风雨，不但采不到蜜，还要喂蜜蜂蔗糖，那可就赔了！

　　在郭庄供销社任主任期间，我成立了河南省第一家蜂业专业合作社。服务蜂农的过程，就是在酿造甜蜜的事业。

　　今年是个好年景。前几天下了两场雨，近几天高温少雨，温度适宜。

　　现在赶花的蜂农，想必已经在我的家乡放蜂采蜜了。

　　但愿他们今年有个好收成！

# 遭 匪

我们家在二十世纪初是当地的大户。

爷爷粗通文墨，虽不是文人，倒也识文断字。据父亲说他小时候，家有土地数十顷，现在的韩屋、三仙屋、朱贵庄、南窑都有我家的土地。秋收时节，家里的花生、高粱、豆子数不胜数。爷爷在原武县城有油坊有店铺。家有长工数人，农忙时还雇短工数十人。

奶奶的娘家是焦庵娄家，也是户大人多。奶奶生有大姑、大伯和父亲三人。爷爷奶奶为人和善，待长工短工如家人。当时家里地多，流落到我家的杨家人，爷爷奶奶就给了他们宅基地，与我们家隔墙而居，一大家人从此落户于斯。

奶奶在父亲三岁时因病去世。爷爷续娶了杨庄吴家我后来的奶奶。这个奶奶是看着我长大的。奶奶大高个儿，苗条，长得漂亮，为爷爷生下了我的两个姑姑。爷爷勤劳、奶奶节俭，家庭其乐融融。那时大姑十岁，大伯八岁，父亲六岁，三姑还在吃奶。

1936年，爷爷被绑票。这年的冬天格外冷，冬天的深夜，外面刮着大风。爷爷正在账房算账，突然房上跳下个人来，打开了街门。蜂拥闯进家里十几个人，这些人多数持土枪、背砍刀，进屋就把爷爷绑了。据说绑匪临走都没有说一句话，只扔下了个纸片，让家人三天后往原武县口里村与获嘉县交界的地方送三百块现大洋。

27

奶奶，一个女人带着五个孩子，遭此横祸，其艰难可想而知。奶奶盘出了在原武县城的房产、油坊、店铺。托本家儿在指定时间指定地点，交了三百块现大洋的赎金，但爷爷始终没回来。

每次父亲说到此，声音哽咽，就有些说不下去！

后来，奶奶就带着全家到杨庄村的老舅家生活。其间主要靠卖房卖地维持生计。

父亲十三岁的那年年根儿腊月，老舅家杀了头猪，肉已煮好。那天大雾，大姑从厨房出来忘了闩门，狗就进到了厨房。待大姑回到厨房，煮好的肉已被两只狗拖得一片狼藉。大姑害怕，就跑到地里去找正在刨秫秸疙瘩的大伯和父亲。仨人感觉回去肯定要挨打，遂向堤南孔庄、荒庄村俩堂姐家跑。在跑的路上，大姑跑丢了，始终没有找回来。中华人民共和国成立后才找到大姑，大姑已嫁到了中牟县贺家。大伯和父亲跑到两个堂姑家，堂姑便到老舅家理论，老舅家人保证不打他们，但大伯、父亲却再也没敢回到杨庄村。

过了年，奶奶就和姑姑们回到我们家居住。

家里的房快卖完了，树卖光了，地也卖得差不多了。大伯、父亲就靠剩下的两亩薄田维持生计。父亲在十五岁时参加了土改，打土匪除恶霸。

父亲问遍了被抓的土匪，也没有问出爷爷被绑票和撕票的情由，以及爷爷尸骨的处所。

父亲对奶奶的孝顺在村里是出了名的。

在困难时期，父亲在单位吃粗粮，总把细粮带回家。在我小时候，父亲每隔三五天就会从单位回家一次，给奶奶送白馍。娘饭前把白馍放在火上烤，奶奶会把馍的焦黄饹馇揭给我吃。

奶奶九十六岁去世，去世前没有任何病症。可能是年轻时漂亮的缘故，奶奶一生爱干净。在去世前，她还把自己的衣服、帽子叠得规规矩矩、整整齐齐放在柜子里。

在奶奶的葬礼上，我问父亲：小时候你在老舅家挨打受气，为什么对奶奶还那么孝顺？父亲沉思很久才说："遭匪时，你奶奶还年轻，如果当时奶奶撇下他们姊妹几个改嫁，他们姊妹几个可该咋活呀!"他们无论在老舅家受多大的气，奶奶毕竟没有改嫁，给了他们一个安身的家!

# 经历窑场

河南省第一届大学生诗歌大赛,有一首诗歌的题目叫《窑场》,获二等奖,作者是李中文。这首诗在《河南日报》副刊刊出。

我有剪报的习惯,看到报刊上有好的文章,就会把它剪下来,粘到本子上。我当时就认为这首诗写得好,背诵后,还把这首《窑场》剪了下来。

大概是二十世纪九十年代初,我和中文兄相识,提及《窑场》,才知道这诗是他在郑州大学中文系读书时的作品。因谈论这首诗,俩人的陌生感瞬间消除。

记忆中,我们村的窑场有两处,距村庄都非常远。一处在村西南,在幸福渠与涵洞的夹角儿处。有了机砖厂之后,这窑场就渐次没落,之后坍塌,再后来被文正叔拆除,在那里盖了养猪场。另一处窑场在村正西,临干渠,我对这处窑场没太多记忆。

窑是土窑,不走近看就是一座小土山包。往顶上走,有一级级的土台阶。窑顶是空的,穹形。窑台上可以装土坯、瓦坯,装满后就要封口封顶。说是封口,还是要留个小口,给烧窑的老师傅观察用。

窑可以是柴窑,也可以是煤窑。我没有见过烧柴窑,煤窑是常见的,对烧窑师傅的要求就更高。好的师傅不好请,像当下的明星，要看他有没有档期，酬金自然也更高些。

　　我们家第一次烧窑，是用幸福渠那儿的窑。请了韩屋的李姓师傅。李师傅五十来岁，黑红脸颊，留有短胡楂儿，扎白头巾，他话不多，挺喜欢我。我的任务是每天提着竹篮儿去给师傅送饭。大哥叫我喊李师傅"大爷"。我们家那年月吃黑馍黄馍，烧窑的大爷吃白馍。

　　烧窑时，我大概五岁的样子。干重活儿的是大哥、大姐、二姐。

　　装窑是要请人的，那时候不兴雇人。请人就要做好吃的。娘头一天就开始准备，当天会起得特别早，烫面、醒面、炸油条、炸糖糕、炒菜、熬汤。酒肉自然是没有的，在那年景儿，这已经是很好的了。

　　封窑有老规矩，要上供烧香。娘、两位姐姐和我都不被允许在场。娘交代大哥，怎么点香、磕几个头、怎么磕。仪式之后，娘会把供飨的肥肉拿回去炼成油，给烧窑的师傅炒菜用。我最喜欢吃的是炼完油剩下的油饹馇，那味道焦香焦香的，在之后的日子，我想想它都流口水。

　　窑开始点火，师傅就不再离开窑洞，每隔一会儿就要看看火候。

　　最忙碌的是洇窑，要从幸福渠挑水到窑顶。我也端个小盆去凑热闹，端的水都洒到了土台阶上，把挑着水的大姐给滑倒了，我被清除出洇窑运水队伍。窑洇好了，大哥和姐姐也都累倒了。

　　我把饭送到窑场，等师傅吃完，再把碗盘送回去。师傅吃饭的当口，我在窑洞外的土堆旁躺下来。天是蓝的，离我很远。云是白的，离我很近，好像一伸手就能抓住它。土窑上腾起白色水雾，很快就融进了白色的云里。我跑向窑顶，被师傅一把薅了回来。不是他吓唬我，洇过的窑真有坍塌的，还死过人！

　　开窑的日子，最担心的是大哥和姐。那些土坯是他们好不容易才装进窑里的，如果烧不好，所有的辛苦和投资就打了水漂儿！

封窑口的墙被打开。窑洞还有些热，我挤进人群，也想看看这窑砖的成色。烧窑的师傅不说话，只是指挥拉砖的车。第一车砖拉出来了，第二车砖拉出来了，青色的砖，弹一下有响声，窑场就有了欢笑声。烧窑的师傅依旧不说话。

　　窑场外运砖的架子车轮换着卸砖，砖被一摞一摞地码起，窑场顿时充实起来，显得生机勃勃。晚上，家人和帮忙的亲戚邻友都喝上了酒。

　　第二天，听说烧窑的师傅脚伤着了。大哥急忙带我去他家瞧他，师傅还是不多话，只说："没事，就是被砖砸了一下。"他女人说："砖还没有出完，他着急看里面砖的成色，喝罢酒又去窑里倒腾砖，结果就被砖砸了脚面。"

　　之后，我再也没有见过这烧窑的师傅。现在想起来，我对他还满是敬佩的，我知道他急于看到最终的结果。

　　因为那涉及他的声誉！

# 夏日坯场

　　要单说打坯，很难说明白。

　　农村有"四大累"，脱坯是四大累之一。又有："脱坯、垛墙，活见阎王"的说法，可见脱坯这活儿不轻省。能干这活儿的，大多为青壮年人。

　　先要平整场院，一般用打麦场的居多。打麦场地平整瓷实，脱出的坯不容易走形。脱坯用的土得是黏土，沙土不行。黏土是在脱坯前，秋麦两季的间隔期，从农田里拉到打麦场边上的。队里的人看到在麦场边囤土，就知道谁家要脱坯，要烧窑了。

　　脱坯一般在忙夏后。天热，坯干得快。

　　脱坯要在地里的活儿料理停当后，找晴好的天气。

　　最累的是和泥，这活儿是技术活儿。一次和的泥，不能太多也不能太少。泥和得太多，一晌儿脱不完，会碛住，再想把它和成好泥，很难。泥和得太少，不到晌儿就脱完了，不出活儿。

　　和泥，是把土堆成四周高中间低的土围子，往中间浇水，土洇透后，用铁锹来回摔打湿泥，或用鸡蛋粗的钢筋棍儿，排着抽打，要每棍打到底，目的是把泥和出黏性。和熟的泥，最后被铁锹甩成垛子。

　　坯斗，大多是借的。长条形木斗，有一斗仨的，也有一斗俩的。使大坯斗或小坯斗，就看脱坯人的力气了。

　　脱坯前，先把坯斗湿一湿水，再用黄沙涮一下，双手竖成刀的模样，向怀里挖起泥块，用力甩进坯斗。大拇指把四角摁到底，再用挝的钢丝弓沿口面从坯斗的那一头拉到这头，坯斗里的泥就成了平整的长方形。双手扣起坯斗，走到场院的最远端，反手扣下，轻轻起斗，坯就脱在了地面。待坯半干时，就要让它腾地方，制成缝隙均匀的坯墙。剩下的就交给阳光了。

　　脱坯最怕的是下雨。越是下雨，家人越冒雨往坯场跑。

　　我家打坯那会儿，总下雨。一旦发现天阴，就不敢再脱坯了。赶紧把定型的坯摞起来。借来的油布有限，刚脱出的坯就管不了了。雨下得小，损失就小；雨下得大，再遇上连阴天，摞起来的坯墙就会坍塌——前功尽弃。

# 抢瓦老师

抢瓦是技术活儿，非请抢瓦的老师不可。

抢瓦的家伙事儿是老师自带的。

抢瓦机不是机器，就是一个铁的圆盘中央焊上铁的圆筒，下边安有轴承，能转起来。瓦撑是木质的，用一根根去了边角的方木串连。扳动一下，会错开两头，瓦撑就可以松下来。瓦撑外边套瓦布，瓦布大小和瓦撑正相当。

瓦有大瓦小瓦之分。大瓦用在房屋的两椽之间，瓦肚朝下，称盖瓦。小瓦在大瓦之上，瓦肚朝上，称凹瓦。

老师的酬金按瓦的数量计算，大小瓦不分。主家要对老师恭顺，待承要好，要不抢出的瓦会不合格，盖房时瓦扣不平，房就容易漏水。

干重活儿的，依旧是家人。

抢瓦的泥要用黏性极高的胶泥。每到冬春季节，幸福渠的水干了，河床上会留下两指厚的胶泥，皲裂成一块块的，像鱼鳞。大哥和姐姐就会拉上架子车，到河里搬这些胶泥。胶泥得是干透的，搬起胶泥，还要看胶泥里面有没有树枝杂草，有杂草就得放弃。

抢瓦的场地得是瓷地，一般也选在打麦场。抢瓦前，首先得用棒槌、木棍把干胶泥砸碎。往碎胶泥块上浇水，让它粉下来。我最欢实，赤脚在洇透的胶泥上踩来踩去。待泥的胶性被激发出来，就捶打成垛。我们在抡瓦老师的指挥下，用钢丝把泥垛切成半人高的方泥。而开始抡瓦前，还要让泥醒一醒。

抡瓦开始后，家人的活儿略轻省些。掂瓦撑、脱瓦撑，来回跑腿弯腰，干一天，其实也挺累。

抡瓦老师站在转盘前，身后是方正的瓦泥，他把湿过的瓦布套上瓦撑，把瓦布撑紧，在转盘上抹上水，放上瓦撑，回身用钢丝弓铉在方泥下横拉到底，一块方正的瓦坯就到了手上，瓦泥绕瓦撑一圈，在接口处拇指摁住下捋，接口就平了。手在水盆里湿一下，转盘转动，瓦坯表面就有了湿痕，两只弧形的木拍子，在转动的瓦坯上轻快地拍，待瓦泥厚度匀称、下厚上薄时，湿手麻利地转过一遍，瓦泥的表层就变得光滑。大哥从转盘上拿走瓦撑，再放上空的，快步走过去，轻放地上，掰开瓦撑，瓦就脱了下来，再小心地将瓦布取出，一个圆泥筒就站在了地上。

瓦筒在地上定型，约莫一天左右。再拿穿过钉头的木棍，在瓦的内壁划出痕迹；一个瓦筒对称划四下，待瓦筒半干不干时，拍打瓦筒，一个瓦筒就成了四片瓦。我划的瓦筒，要么大小不一，要么拍打不开，再用力拍打，就碎了。

抡瓦老师和家人回家吃饭的时候，我被留下来看场。我拉一条凳子站在老师的位置，学他的样子把瓦泥捧到瓦撑上，用木拍子一阵乱拍，越拍瓦泥与瓦撑裂得越远。我也学老师抹上水拍，瓦泥最后被拍摊在了转盘上！

老师说："抡瓦不仅是技术也是智慧。砖是方的，瓦是圆的，代表了这世界——地是方的，天是圆的。"他说，"打砖坯不需要老师，抡瓦就得请老师，砖在底瓦在顶，瓦就比砖金贵。"他还说"一个瓦筒两面对称，为两仪，划四道线，拍一下变成四块，为四象，这瓦筒里有文王卦。"对老师的话，我听不懂，就感觉老师很有学问。我随手敲碎了一个瓦筒，问老师："碎瓦代表了啥？"老师哈哈大笑站起身，召唤大家干活儿，回头对娘说："唉，这货，长大是个毁世界的主儿。"

现在盖房子，有孔方兄便可。

回家唠嗑，七十岁的大哥说起盖房，滔滔不绝地说起打坯、抢瓦、烧窑、做门窗、做梁檩……看着瘫坐的大哥，我怎么也无法把他和那个生龙活虎、身强力壮的青年联系在一起。

我是家里的老疙瘩，大哥长我二十岁。

# 老井记忆

在我小时候，有种建制叫大队。我们大队东西向坐落，由两个自然村组成。我们村居西称府庄村。另一个村子居东叫姬屋儿，两个村统称府庄大队。

村里有两口吃水井，都不是机井，井壁都是用青砖砌成的。

村西的水井圆口大沿，直径两米左右，井口用石碑加固。碑上有字，已经很模糊。

在井的西侧竖有一老桩，桩上有架子，架子上固定牛皮绳，桩架子中有一小腿粗的榆木杆，被牛皮绳框在桩架子中。杆头，悬绳在井边。用这种井打水，很有难度。要把桶攀系在井绳上，站在井沿儿，上下左右摆动井绳，让水桶口朝下没入水里；再到木杆的另一头，扒着翘起的井杆，往下压，看水桶出了井口，磨动井杆把装满水的桶放在井台上。我没敢尝试过这打水方法。

这井后来成了七队菜园的井，井上架了水车。水车可由牲口拉，也可以人推。住村西头的贾家吴家吃水，要么到村东头挑，要么就得男人站在井沿儿，拔着井绳往外薅水桶。井口太大，妇女们是不敢到这井边来打水的。

村东头的井，是辘轳井，井口镶几块磨盘。这井比西井深，井口直径一米多点儿。都说这井水甜，来这井打水的人也就多。每天早上，男人们起床挑水桶去打水，通常还要排队。我上高中那会儿，族中一人有精神病，治不好，后来跳了这口井。这井，再也没有人来排队打水！

富周叔是木匠。虽然张姓单门独户，可在村里落得名声好，因为家过得殷实，就打了第一眼小压井。小压井，除却了大口井的危险。自此，男人女人及壮实的孩子就都能往家里挑水了。

东井淹死了人，打小压井的人家就越来越多。但很少有人家比富周叔家落得名声好。小压井需要引水，富周叔家门外总是搁一水桶一马瓢。有的人家，井刚打好还蛮热情，到后来就嫌聒噪，嫌老有人去家里掂引水，就会时不时说井坏了。久而久之，还是到富周叔家挑水的人多。

二十世纪八十年代。村西头吴家大伯在市里粮食系统当领导。他家买了第一台电视机，十二英寸黑白的。每到晚上，他家就挤满了人。农村人不讲究卫生，有的就在院子里大小便。人走后，吴家大娘收拾了屋子，还得收拾院子，确实挺恼人的。吴家大娘就和后来打小压井的人家一样，撒谎说："这两天忙夏，电视台的人都请假回家收麦子了，今儿电视就不演了。"大人们知趣地快快离去，小孩子则不依不饶。

有个半大小子，就屙到了他们家小压井井筒里，还用粉笔写上："电视不演，压井屙满！"

# 菜 园

菜园，是必须有井的。

我们八队的菜园在幸福渠的南岸。菜园的井紧挨幸福渠。到菜园去，须绕过幸福闸走个来回，一去要三四里路。

队里派人去菜园干活儿，无非两个：一是摘菜分菜；二是拉水车。无论去干什么，我跑得都最欢实。

春来大爷是我们队看菜园的，我们门户挺近，还没有出五服。他比较喜欢我，说我"皮实"。

分菜，大多由我和二姐去领。二姐回来路上都哭丧着脸，因为我家人多，劳力少，菜是按"人六劳四"分，我们家分得就少，菜老不够吃。

拉水车，是最平常的活儿。按人头计工分儿，男女不一样。男人长得再矬也是一个工十分儿，二姐则是一个工八分儿。说拉水车，是说有牲口时，套上骡子或马来拉。要是人工，则说推水车才更准确。三五人一组，一两人在前，如纤夫拉杠头，后边是两三人推杠头。

水车，是公社铁业社生产的。粗木架子托住，固定在井口。下面是铁井筒，一节一节垫皮垫儿用螺栓上紧，一直通到井底。架子上是圆盘齿轮，带动一节一节的链子和两铁相压的皮垫子，杠的一头固定在轮盘上。拉得快，出水就多；拉得慢，出水就少。拉得太慢跑气了，井就不出水。所以，浇菜园可不是轻省活儿，大多分三拨儿或四拨儿人，跑起来推。

我趴在春来大爷的小床上，正起劲儿喊"驾——喔"，屁股就挨上了春来大爷的巴掌。我蹦高儿跑进菜地，摘泛红的西红柿吃，摘半大的茄子吃，薅葱揪韭菜……在菜地里被撵得上蹿下跳。

一个小队百十口人，像一个家庭，休戚与共。

虽然少不更事，虽然时时面临饥饿，我还是很怀念那个大家庭，怀念那段时光里的那些人那些事儿。

# 凭吊古井

村外瓜棚附近大多有井，且机井居多。

老家人对人工挖的井和机器打的井称呼不一样。人挖的井多称口，机井则多称眼。井的出身不同，称呼便也不同，很有意思。

村北有口古井，在打麦场北侧。可能是弃用的缘故，井壁青砖脱落，从井壁向上长满了臭篙。这井没有井台儿，向外敞着口。没有几个人说得出它的年龄，但井水不绝。

秋后的时光，艳阳高照，天气不冷也不热。

记得娘和门口的大婶大娘在一起织布。打好了线撅儿，发现缠线的摇不够用，大毛婶就吆喝我和他儿子出去借。走在借摇的半路，不知听谁说，八队的地里有大拖拉机犁地，这是我们没有见过的，我们遂将借摇的事抛之脑后！

我们还没有跑到地儿，就听到隆隆的机器响。一台链轨拖拉机吐着浓浓黑烟，正在翻耕土地，是一去三五垄的那种。我们跟着拖拉机跑了一遭，觉得拖拉机就是力大，也没啥更稀奇的。

天空，软缎般的宝蓝与纯白，没有一丝风。我们在玉米茬地里捡来野瓜蛋儿；从翻出的土地里，捡拾三枚五枚的落地花生；在干叶的玉米地里，掰来些发甜的玉米秆儿。生冷无忌地坐在古井旁边，边吃边打闹。

古井没有沿口。井口的青砖都脱落了，地面与井之间形成了斜坡。我和玩伴就顺斜坡向井里出溜儿，看谁能薅到井里长出的篙草。玩伴在出溜儿时，突然掉进了井里！

　　天傍黑儿的时候，玩伴被人从井里捞出来，已经没有了呼吸。

　　老家有春节起五更拜年的老例，这习俗一直保持着。大年初一，在家中给长辈拜完年，然后再走出家门，踏着此起彼伏的鞭炮声，到村里的长辈家中去拜年。我说的去拜年，指的是去磕头。大部分的叔伯不让磕，会说"还年轻，磕头会被磕老的"之类的话，然后寒暄几句。

　　大毛叔姓韩，我也是要去给他拜年的。记得有一年，我再次走出门去转圈儿拜年时，娘说："你大毛叔家就不要去了。你婶说见到你要难受好几天！"

　　之后，我再也没敢迈进他家的门。每次从他家门前走过，我的心就会不自觉地沉重起来！

　　玩伴遇难的那一年，我们五岁。

# 老屋灶台

有一楹联，上联为：年年难过年年过。我始终认为，无论年过得贫穷还是富足，在老家过的，才叫年，才有年味儿。

我家在黄河北岸的一个小村儿。村子不大，有邢、刘、吴、贾、李等不同的姓氏，邢氏人众。这里民风淳朴，村民都能和睦相处，即使有点矛盾，一个年一过，就啥疙瘩都解开了。

小时候的年，总是那么姗姗来迟！

一进腊月就盼腊八。不是因为腊八能有什么好吃的好玩的，而是过了腊八，就可以掰着指头算，年，在一天一天来临！

腊月二十三，俗称"祭灶"，也称"小年"。老年间有"二十三，祭灶关"之说。祭灶，又有"穷祭三、富祭四、花子祭灶二十五"的说法。事实上，老家祭灶都在腊月二十三，可见，这方土地上的人们，对穷苦生活的安贫乐道。

灶王像是腊月十九娘提前在韩董庄集请的——手工传统揭印的那种，由红、黑、绿、黄套印上色，印出的图像大多因没有套准，各种颜色杂沓。灶王像两侧印有"上天言好事，回宫降吉祥"或"上天言好事，下界保平安"的对联，横批"一家之主"。

我们这儿，传说灶王爷叫张奎，是个泥匠，灶台垒得最好，每造好一处灶台，就刻上自己的名字，慢慢地别人在垒灶台时也这样做，他因此被封了灶神。《酉阳杂俎·诺皋记》记载，在河北省，灶王爷名叫张单，妻子叫丁香。说张单经商发了财，移情妓女海棠，休了丁香。海棠好吃懒做，败光了家产，又改嫁他人。张单流浪乞讨。腊月二十三这天，他无意中讨饭到丁香家，被丁香认出后，他羞愧难当，一头钻进灶门里憋死了。玉皇大帝念他是自己的本家，便封他为灶王。

无论灶王叫张奎还是叫张单，他都姓张，都是玉皇大帝的亲戚。如果非要选一个，作为律师，我宁愿相信，那个叫张奎的是灶王爷，他不仅有技术，还很有知识产权保护意识！

供飨的糖，一定得是麻糖，为祭灶专用。麻糖由我们村隔壁的荒庄村生产。长条、椭圆、中空、表面裹一层芝麻。吃一口脆甜脆甜的，要用手在嘴下面接着，掉渣！

天一擦黑儿，村子里就会有鞭炮声响起。二踢脚不多，火鞭大都很短，多为一二百头的。能放长鞭大炮的家庭大都富裕。

祭灶，一般在晚饭后。

娘刷锅洗碗，收拾完活计，就开始上供飨、上香。燃上香会祷告一番，大意是祈求灶王爷替我们家多说好话的意思。之后，娘就招呼我们磕头。

我磕完头，伸手就拿麻糖，手会被娘拍回来。好像刚供上，灶王爷还没有来得及吃，我和灶王爷抢吃似的！怕灶王爷怪罪，娘又要再祷告一番！

吃灶糖的嗜好，一直持续到 2020 年。爱人知道我爱吃这灶糖，每年祭灶前都会买一小箱。在年前年后，我会时不时地抽出两根，大快朵颐。

# 又近年关

母亲河走过邙山，变得蜿蜒温柔。

河南处于九州之中，称中州，是汉民族文明的发源地。这里地肥土沃，孕育了我们的先贤。过年，到了这里称年关。我时有不解，欢乐祥和的过年，怎么就成了过关？刘震云的理由是："这里黄河泛滥，兵连祸结、盗匪横行，穷。"

前些年，每到年根儿我就格外忙。年前节后，我一趟一趟往老家跑——家里有我的老娘！

那时娘已瘫痪。平时可以在城里住，唯独过年，她必须回老家在大哥家过。娘说："过年不在家，村里人会说我不在了。"这理由无可辩驳！之后的若干年，我都是大年三十在城里，正月初一起五更回老家陪娘过年。

家乡民风淳朴，礼数却大！

我要天不亮从城里起身，六七点钟的样子到家。大哥已准备好了供飨、烟花、爆竹，在堂屋正门摆了供桌、圈椅。这时，娘已瘫坐在圈椅上。到家，先给娘磕头，给父亲的遗像磕头。孩子们，给大哥大嫂磕头，之后是来回谦让着，发压岁钱，阖家欢乐！

大嫂在下饺子。我开始问："家谱，今年在谁家挂？""宝爷，轮到谁家了？""正婶，轮到谁家了？"之后，我会端着饺子去到挂家谱的地方给祖宗拜年，到亲近的爷奶、叔伯家送饺子，磕头拜年。天麻麻儿亮的时候就该走出家门，踏着积雪、轧街道，到称呼爷奶叔伯的家里去磕头拜年了。

在老家，除夕是不关街门的。拜年，无论到谁家，都有人在支应着，你还没进堂屋，就会有人走出来，或让烟或让糖，总不让你手闲着。无论门户远近，无论是否够亲近，在这一刻，见到的都是笑脸。拜年话，会让人变得如此亲近！

叔伯辈分的，像我去拜年，一般是不让磕头的。会说："来了就中了，来了就中了。"到称呼爷奶的家中去拜年，老人无论身体是否硬朗，大都会坐在堂屋的正首，地上铺凉席或褥子，有叔伯在迎候，无论老人怎么谦让，这头是一定要磕的！

给称呼爷奶的磕完头，也会礼让一下叔伯，都会说："不能磕、不能磕，有老人在，轮不到我们"之类的话。这来回一让，就又亲近了许多。

在村子里走一圈儿，拜完年，差不多要到九点前后。回到家，娘就催促往车上装年礼，催促去舅家、姑家拜年了！

2013年春节，我是在医院过的年。娘沉疴十数年，这年腊月住进了医院。这次病情凶险，娘一度神志不清。除了睡觉，醒来就说些姥家的事，譬如"枣被偷了，面该磨了，舅舅把我带丢了"之类的话。娘在想娘家人了，这不是好兆头！这年的大年初一，我没有回老家拜年。

元宵节前，娘神志开始有些清醒。坚持要回老家，意思大概是："年初一不在家，正月十六也不在家，村里人该说我不在了。"杳博兄是娘的主治大夫，说娘想回老家就回去吧。

正月十六早上，娘偎在床上，已不能清醒地说话。她拉着邻里老姊妹儿的手，满脸的欣慰。正月十七夜。娘睡过去，再也没能醒过来！

又近年关。大年初一，还是要回老家拜年的。还是要跑全村，受拜的人却渐次在减少。回老家拜年，渐次演变为程式。

我知道，家里没有娘，自己失去了最揪心的牵挂。回家拜年的路已不再那么急迫！

# 喜庆中的悲伤

　　家与省会郑州隔河相望。老家人常说我们这儿是："脚蹬黄河，头枕太行。"其实，家临河而居，我们就住在黄河北岸的滩涂。

　　正月初三，祭祖上坟。这可能是我们这一带独有的礼数儿。你想，喜庆的年节中，突兀地插上这么沉重的一天，这礼数儿，不可能普遍！

　　正月初三祭祖上坟，揣测大概是两层意思：一是告慰祖先缅怀亲人；二是中国人有视死如生的说法，是想在喜庆的日子里不冷落已故的亲人，这是孝的一种体现。这天，连出门的闺女或长大的外甥，也都会到娘家舅家的坟上去烧纸。

　　上坟的供品是丰厚的。

　　我小时候家里虽贫穷，但供礼可不薄。黄表纸、锡纸折的元宝，是用来烧的；坟头前，各种油货是年前炸的；圆馍，要摆十二个，三下一上，四个一组呈塔形；烧纸上放祷头（熟肉方儿），祷头上必插双筷子；烧纸前，先燃放鞭炮；之后，边烧纸边祷告。我们会说"今天是正月初三，大过年哩，家里一切都挺好，放心吧！节省了一辈子，不要舍不得花钱，清明节还来给您送"之类的话。

　　待纸烧完燃透后，要挨个坟堆磕头，非仨头一揖不能表达哀思。如茔中有新坟，大多有哭声。有新坟，而没有哭声，逝者大约是没有女儿。

当下，人们活得越来越匆忙。大多供礼在年前不再准备，而是早上起来到超市买。老人生前喜欢吃什么就买什么。到墓地仨头一揖也大多省略为祭奠后磕一个头。仪式逐渐失去了原来的哀思和凝重！初三鬼节，与过年的欢乐气氛越来越相容，悲伤留给了真正悲痛的人。

同一天的祭祖（也称坟会），庄严且隆重，则更像是过年。

我们邢氏，在百家姓是小姓氏，在我们村，该算得上大家族了。全村近两千口人，邢姓占一半还多。族中有文化的书珍爷、德宝爷保留下了家谱，渊源清楚。全村邢家老四门儿，都是一家人。支脉源于磁固堤，所以磁固堤的同族人，在正月初三，也要到我们村坐会儿，辈分相同，就显得格外的亲！

老年间，这一天的祭祖称坟会。老四门儿按长幼排序，每年一门地轮流安排。资金源于挨家摸锅底，起初每家一元钱，则可派一人参会。坟会自然有酒有肉，大约需要安排十桌左右，挨哪家安排肯定得贴钱。坐坟会的人分三拨：一拨人，去到位于祝楼乡杨庄村北的祖坟烧纸；一拨请家谱，打扫祭拜的场所；一拨切凉菜烧热菜，洗刷酒具。

正午时分，人齐菜热。书珍爷或德宝爷就会站到家谱前，宣读他们写好的祷词。亘古不变的语句是："天下平顺，族人安乐，唯不富裕，难安金身"之类的词儿，好像没建起祠堂来，都是他们的过错。

仨头一揖，宴席开始。八个凉菜提前上桌，这叫下酒菜。

地处黄河滩区，酒风盛行，素有"原延封，天天蒙"之说。酒桌上规矩大，能喝不能喝的，这天都不能装秕谷！

今年每家是出两百元，在酒店包桌。除却了灶役之苦，族人们可以专心祭祖了。

# 城里的玩意儿

正月十六的早上，一定不能起太晚！

这天早起，还是要出去拜年。这时候拜年的形式大于内容，老人大多是不让再磕头的。

这一天是不干活儿的。人们大多要走出家门儿，俗称"悠百病"。据说这天出去悠悠转转，一年百病不侵！

这一天，玩意儿最吃香。但玩意儿，不是我们这样的小村庄可以办得起！大伙儿都往城里去悠逛。我说的城里是指原武镇（之前的原武县）。

原武的盘鼓被修彪兄取名"大得胜"，还有鼻子有眼儿地考证出："源自唐朝武则天时期。"盘鼓队走南闯北，在全国很有些名气。正月十六这天，"大得胜"不再是独角戏。玩狮子、旱船、竹马、犟驴、文武官员、媒婆的，一队队热闹而纷乱。我最感慨的是背阁，一丈多高的杆子上站一孩子。想想就替背阁的人累，也替上面的孩子冷！

这些玩意儿，无论到哪个商户的门脸儿，老板都会燃一挂小鞭儿，递水让烟，或是钱或是物，总之，不会让玩意儿空手而归！

原武县城的八景，已所剩无几。建于宋朝的善护寺塔依旧有气无力地歪在那儿，一侧的城隍庙还有一些古气儿。这些地方在这一天，人满为患。

我认为在这一天，最能代表原武美食的，当属原武的烩饼、烩菜。这完全不是饭馆的长项，也不是原阳烩面的领地。烩饼，必须是提前在大鏊上烙好的葱面薄饼，不沾荤油，头天切好饼丝，配青菜，用老汤下饼丝，好吃、减饥、扛饿！烩菜，必用大铁锅，直径近两米，烧劈柴。提前切好的五花肉、炸好的小酥肉、大酥肉、油豆腐，跟海带、粉条与白菜一锅熬。老板给客人盛出几碗，就会用大勺子再推两下，锅上霎时腾起白雾，香气四溢之际，再撒上把香菜葱花儿。烩菜可以配油条吃，也可以配馒头吃，解馋不贵。

饭饱之后，容易渴，我最喜欢的是甘蔗。这东西在我们这儿叫甜蜜，比叫甘蔗更具广告意义。当地不盛产甘蔗，那个时候都叫广东甜蜜。我最爱的是看商户给甜蜜剥皮、截段儿，一气呵成。这，都是手艺！

吃饱喝足，就到了下午，玩意儿都不见了，街上人群依然熙熙攘攘。如果想清静，我们便可去爬斜塔。

这塔，现在叫玲珑塔。我对这新名字并不喜欢。窃自认为，善护寺塔是多么高古的名字呀！为啥要改？玲珑塔，一听就像在说绕口令"玲珑塔，塔玲珑，玲珑宝塔十三层"，俗，俗不可耐！

这塔我是上去过的，里面黑咕隆咚，得一直弯着腰，空间狭小台阶陡，爬上去蹬得腿筋疼！

回家时，热闹的街市已不再热闹。

# 闲话灯盏

元宵节，我们这儿也称小年，从正月的十五过到十六。正月十五是要挂灯的。

我刚结婚那会儿，到正月十五，父亲会在专用的水泥桩上固定灯杆。灯杆，是新买的竹竿，有两三丈高。铁丝笼箍的灯泡，至少得二百瓦，从杆头垂下来，不停地晃悠。这灯名曰"照子灯"，有催促新婚的我们，赶快生孩子的意思！

娘，这天会忙碌一整天。

剁馅包饺子，蒸炸各种面食。花糕一尺多大，一篦儿只能放一个。面布袋儿里装满芝麻、炒豆。十二属相的小动物抹上红胭脂，出笼屉，个个都胖乎乎的，憨态可掬！

灯盏儿，是一定要蒸的。各种杂面和在一起，摊为条饼状，在起卷的地方放上棉线，卷起来把底捏出油槽儿，用剪子在檐口处铰出花边，剪一下灯芯儿，放进笼屉，这样蒸出来的灯盏儿压手，就不容易倒。

天一擦黑儿，从容寂静的村庄登时就绚丽起来。门楼下的电灯、门墩上的香油灯、杂面灯、萝卜灯都亮了，夜被燃烧得很短。

像年三十儿和初一早上一样，是要拜年磕头的。正月十五晚上，娘捞出锅的第一碗饺子去供飨；之后，娘会端碗走到大门口，边倾洒碗里的饺子汤，边念念有词:"左金灯儿、右银灯儿，都来俺家喝甜汤儿。"晚上，我们吃的饺子自然就是甜汤饺子。十六早上，娘的词儿就变成了"左金灯儿、右银灯儿，都来俺家喝酸汤儿"。当然，我们吃的饺子也就变成酸汤饺子!

十五晚上送灯盏儿、送稆，是友情也是祝福。给添新人的人家送灯盏儿，就是送子，有添丁进口的寓意。孩子去谁家送灯盏儿，要么这两家大人关系极好，要么被送灯的主家在村里人缘极好。送灯的孩子无论平时多么调皮捣蛋，这当口，都显得异常的可爱!

家大人没有蒸制灯盏儿的孩子，这会儿会去偷灯盏儿。

送的灯盏儿，无论是自家蒸的还是偷来的。娘这时都格外热情和慷慨，端出满笸箩的糖块、瓜子、属相糕点招待这些孩子。

这一对对灯盏儿是乡亲们最真挚、最善良的祝福!

53

# 一年又一年

"二"在数学里，是最小的质数，也称素数。是唯一的偶质数、正整数、偶数、有理数和双数。

盘古开天，创造了俩人：男人和女人。人类开始了数量的裂变。《易》讲：一生二、二生三，三生万物。看来有"二"，才有了我们，才有了生命的延续。

当然这些年，"二"也被赋予"脑瓜傻笨、不灵光、行为愚钝的意思"。大约这都是东北味儿小品带来的副产品。

仔细玩味这个数字，你会发现，作为有生命体征的人，一次遇到这么多的二，是公元纪年以来的第一次。要想遇到比今天更多的二，理论上还要再等二百年！

在这个特殊日子里。我发现我们真的很"二"，很无知，很愚昧。

记得学物理时，我们背诵最多的是公理、定律。今天回过头再看，有些曾被视为颠扑不破的真理，被证伪。

牛顿的万有引力，达尔文的进化论，百慕大死亡之谜、金字塔之谜……都在不断更新。

当天眼捕捉到星外文明的信息，地球将不再孤独，我们的奋斗还有没有意义？当火星车走过干涸的河床，我们是否又多了一个旅游的目的地？当江村大墓被发掘，提取出精美的轮子，我们的冶金史是否应改写！

我们坚守的真理、定律，正在被新的发现、新的定律颠覆。就像我们走过的这一年又一年，新总会颠覆旧。

过去的一年，河南文艺红得发紫，用网络语说："都爆圈儿了。"从河南卫视春晚的《唐宫夜宴》到元宵节的《芙蓉池》、清明节的《折扇书生》、端午节的《祈》、七夕节的《龙门金刚》，再到今年春晚的《国色天香》……一个又一个冠之"国风""国潮"的节目火爆网络，把数十年来内热外冷的《梨园春》《武林风》也给带火了。

黄河文明在这地方积淀得太久。不信看看地图数数古都，你就知道，这里是中国版图的中心。这里极少有龙卷风、地震等灭顶之灾害。这可能是挽留住先民在此繁衍生息的原因！

"二"有生发、裂变开始的意思，也有愚钝、傻笨的意思。但愿我们河南在这么"二"的一年，能生发、裂变。

不能再"记吃不记打"。即使再被称"二"，也不再耍小聪明、抖小机灵。

在 2022 年 2 月 22 日这一天，但愿我们河南能"翻个身儿"。

生于斯，长于斯。对河南，我充满爱！

# 偷嘴儿记

偷，是个贬义词，即便孔乙己遇到偷这字儿，也窘迫词穷。

"偷嘴儿"在我老家，大概有两层意思：一是男女有不洁之事；二是指好吃懒做的主儿。这里，我说的是第二种偷，与风月无关。

二十世纪六十年代出生的人，大约都有"偷嘴儿"的历史，即使意志坚强之人，也不敢说没有过"犯意"！

家中兄弟姊妹里，我是老末，我这种情况在我们老家叫"末墩"或"老小孩儿"。我和我大侄女没差几岁。

我最早的一次"偷嘴儿"，是偷吃嫂子的芝麻盐。

二十世纪七十年代，家有孕妇，都要准备两样东西：其一是黄酒。用黍酿黄酒，味道和醋差不多。孕妇生产后，用黄酒和红糖，给产妇养血；芝麻盐，是其二。把生芝麻放到锅里干炒，把熟芝麻和盐放到蒜臼里碓碎，用罐头瓶装起来，产妇缺菜时它可拿来下饭。大嫂怀孕，娘及早就开始了准备这两样东西。虽说这些材料简单，可在生产队所有制的时期，弄这些东西，还是蛮有些难度的。

在农村孕妇生孩子，一个月都不出房间，所有男人也都不进这房间，吃饭靠送，俗称"坐月子"。

娘给嫂子准备下这黄酒和芝麻盐时，我是看在眼里的。闻着炒芝麻的味道，就知道那无疑是世间美味。大嫂生产后，就渴盼她出"月子"。那芝麻盐的香味儿，老在勾引着馋虫。后来，我实在是有些等不及了，趁嫂子熟睡时，蹑手蹑脚地潜入她房间，打开罐头瓶盖，那香气顿时溢出。原本，我只打算在瓶沿儿舔两口，尝尝作罢，但第一口下去，我就再也忍不住，一气吃了半瓶子。

自然，这就成了我的"污点"！娘没少拿这事敲打我。

有了"污点"，我就"破罐子破摔了"。春节来客带的方酥、圆酥、糖扁食儿、金谷条、饼干、罐头，我是断不会放过的。一过正月十六，娘会将这些点心盒子放进柳条篮子，拿绳儿吊到房梁上。这当然难不倒我！小方桌上面摞大凳子小凳子，我晃晃悠悠爬上去，先把点心盒子顺边抠个口子，小心翼翼地往外掏，点心装满上衣口袋后，我从凳子上一跃而下，躲到清静的地方，享受这"偷"来的美味。纸里包不住火，这事毫无悬念地被揭穿了。

娘要大哥去医院看望病人，当卸下篮子，发现那些果匣子虽然包装还支棱着，里面差不多都让我给掏空了。娘生气地把果匣子都打开说："本想你饿狠了再给你吃，这还没出正月，你就快偷完了。不藏了，吃完了算。"我对自己的胃功能向来自信，这次可能吃了太多的饼干、方酥，晚上吐得一塌糊涂。

年龄稍大一点儿，我已不再满足祸祸家里啦。

立爷是我们队的瓜匠，老头耿直，队里的财产，他把得很严。据说，立爷负责看守红薯时，大伯家的二哥饿得实在扛不住，去偷吃，被立爷打坏了腿。为对付立爷，我们是挖空了心思。

正午的阳光直射而下，庄稼都打蔫。周边的庄稼，把瓜地围成了长方形，瓜地西侧是宽阔的大河，瓜棚在瓜地的东南角，我们从瓜棚南侧的谷子地匍匐前进，逼近瓜棚。立爷正在午睡，溜进瓜棚，我们把事先准备好的干蒺藜放进他布鞋里，撒在地上。之后，就一蹦三跳地跑进瓜地，无论西瓜、倭瓜、酥瓜、菜瓜、羊角蜜、红到边、噎死狗儿，逮啥摘啥，光捡插棍儿的摘。当然，这就把立爷聒噪醒了。老头儿下床穿鞋，被蒺藜扎脚，光脚下地还被扎脚，等他处理好蒺藜，我们也满载而归地蹦进河里。游到河西，去享用那些或熟或不熟的瓜种了。立爷站在河边，他跳着脚地骂我们!

我们大队有十个生产队，差不多每队都栽果树，只有六队的苹果园有围墙。这根本难不倒我。苹果什么时间开花，什么时间挂果，什么时间长乒乓球大小，通通逃不过我的法眼。待苹果比乒乓球大一些，我就开始偷。我把背心掖进裤衩，束紧裤衩的腰带，离果园土墙八九米远，飞奔向墙，一跃，就上了两三米高的土墙，跳进苹果园，无论大小，揪下来就往背心里塞，直到自己变孕妇模样才罢休。

因为这些酸涩的苹果蛋儿，我也有"走麦城"的时候。看果园的为防我们，在墙上地上撒满了蒺藜，蹦进园子，往往也会被活捉。

七队的柿子、八队的梨、十队的杏、桃，都是没有围墙防护的。割草回来，去洗澡的路上，都会给我带来偷吃的乐趣。

农村有"前不栽桑，后不栽柳，中间不栽鬼拍手"之说。保记哥家的老院房后，就长了一棵桑树。这树的树龄无从考证，俩小孩儿手牵手都抱不住。我上这树如履平地。桑葚由青变红，由红变紫，由紫变黑，每一个成熟的阶段，我都了如指掌。保记哥家的大娘七十岁，腿脚硬朗，她看我早晨爬上树，就搬把椅子看着树上的我，我在树上边摘边吃，纯甜的桑葚，吃得我背心前胸一片黑红。我吃饱了，大娘还盯在那里，她就是不挪窝儿。她不走，我也不敢下来呀，就开始摘些没熟透的桑葚，往背心里塞，背心装满了，大娘还在那儿盯着我。晌午了，她也不去做饭，就一个窝窝头，一棵大葱对付。我在树上，就往她坐的方向撒尿，她就骂我，反正就是不离地儿。这次，大娘逼得我在树上吃了一天的桑葚，吃得我跑肚拉稀。从此，我再也没敢爬上她家这棵老桑树。

很多叔伯，在我成年后谈到我，还数落："小兴这货，没有他不偷吃的。"

"偷嘴儿"的恶习，大概是因为我所生长的那个年代太缺吃造成的。乡亲们对我们这些孩子大体是宽容的。我至今也没有为自己的"偷"感到丢脸，更没有为那时候的"偷嘴儿"而感到羞愧。

　　每到大年初一，去给村里的老辈人拜年，进了叔伯家才被告知："你某某大爷、某某叔不在了。"今年，我已五十五岁，谈论我儿时"偷嘴儿"的人，是越来越少了。

# 黄河酒风

原阳、延津、封丘是豫北沿黄河最穷的三个县。虽居黄河故道，酒风却最为彪悍！

原阳县由阳武、原武两县合并而成！

在原阳饭桌上，菜可好可赖，酒不可或缺，俗语"无酒不成席"。酒桌有酒桌上的规矩。组局者、辈分长、年龄大、官职高者都可能成为酒局的核心人物。有辈分长或官职高者，组局的人也会甘居配角。

酒桌有约定俗成的套路，辈分长或官位高者，往往会被礼让到主席的位置。

开喝时，桌上的菜得是双数。如上了仨菜，则酒不能开始！性急的人会吆喝："老板，赶快再上个菜，要不没法开喝！"或干脆从桌上撤下一盘菜来，说："早剃头早凉快，开始吧！"

开喝前，组局者会向辈分长者或尊贵者示意，组局者才会斟酒端杯，说两句攒局缘由的客套话，之后恭请大家举杯，在桌子上蹾一下或共同起身碰杯，俗称"过电"。这程序寻常是喝三杯酒，才开始吃菜，称"叨叨菜，压压"。之后，组局者会恳请辈分长者或尊贵者主持酒席。被推举主持者，多会作推辞不掉状，征求组局者意见。"往下咋喝，你敬一圈吧？"组局者会谦虚两句，开始敬酒。

组局者敬酒，大多会站起身来，再说两句客套话，自己先喝两杯，然后再敬。

敬酒一般会从主席开始。也有偷懒图省事者会说："一头拧吧，从某某那儿开始。"敬酒一般敬三杯的居多，给客人端三杯，和客人碰一杯。一圈走完，酒兴方开！

大约在2006年，我到苏州相城区办案，在苏州大学的香雪海饭店和当地朋友吃饭。我按照老家的规矩敬酒，他们不解："你敬酒，为什么是让我们喝？"我的一个老朋友是苏北人，但他懂原阳的规矩，给我打圆场说："在古时候，原阳那地方穷，客人到访，打不起更多的酒，酒少又要客人喝好，敬酒时就先尽着客人喝好。"我给客人讲了"悬壶留友，革发待宾"的故事。古时候，在原阳县的大宾乡，有一贫穷人家，客人来访，男主人不在家，女人在桌子上放下酒壶、酒盅，留住客人。没钱买酒，她就剪掉长发卖钱沽酒，款待来宾。客人们听后，肃然起敬。我的敬酒也格外顺利。

酒桌上酒量大者，会主动敬酒，也是敬一圈儿。

酒量小者，出于对辈分高的人的尊敬，则会提议单独碰一杯或几杯。

敬酒结束，酒酣脸热，主持者会建议组局者或量大者闯一圈。

闯一圈也称打通关。闯一圈，要的是酒量也是胆量！

把酒盅码在一起，或七盅或九盅称一瓢。闯关者一般在闯关前会站起身客气两句，自饮两杯。闯关前一般会说："一头拧，从你那儿开始。"这时闯关者会和左右首的应关者商量。"咱俩一枚一还是三枚二，两瓢还是三瓢？"前者是猜枚的规矩，后者则是猜多少趟酒的规矩！

应关者，会猜枚的居多。不会猜枚的会用其他猜酒的办法。打鸡儿打杠、猜火柴棒儿、出单双等决胜负的方法，不一而足。

大多能闯关者，都自恃酒量大。闯关后，还不依不饶，俗称"酒玛糊儿"。酒桌上谁都不好驳谁面子，酒要喝下去，则会推举酒司令。

司令不能白当，要喝大家公认一定量的酒才行。酒司令会在碗或碟上放一根筷子，俗称"上令"。司令让谁捉对猜枚谁就得猜枚，否则会被罚酒。

# 敝处酒香

黄河河道里的人，哪怕缺口粮，只剩半布袋红薯干也要拿去换酒喝，可见这儿酒风之盛！

这地方喝酒，要五十度以上的烈酒，说低度白酒喝了腿肚疼！

这里喝酒是不怎么讲究下酒菜的。其实也不是不讲究，是讲究不起来，因为原先一个乡镇就一个供销社的食堂，而食堂大多不备酒菜。

要喝酒就离不开猜枚。猜枚是个技术活儿，要求手、眼、口配合一致，指头出得快、喊得快，会被称为"好枚"。反之，出得慢或喊得慢，则会被歧视性地称作"水枚"，猜"水枚"的人不受待见。遇"好枚"的人，"水枚"要被奚落，"你那枚往下滴水，不和你猜"。此时总会出来个"观枚"的和事佬，警告"水枚"：出慢、喊慢的枚，不算！这才给了双方一个台阶，酒得以继续喝。在酒桌上，枚好就受人尊重！

老家人常说"赌，越赌人情越薄；酒，越喝人情越厚"，但也不尽然。据说，兄弟俩在瓜地喝酒，酒只有半瓶。俩人就猜枚，输了喝酒！半瓶酒快见瓶底儿了，老实的弟弟才发现，平时自己老输枚，今儿咋就老赢！遂故意出错枚，还是赢。眼看瓶里快没酒了，就是不会输。这时他才发现对方也是硬往自己的枚上碰！他一把抓过酒瓶，说"哥你也让兄弟输个枚吧"，仰脖喝了个精光！

　　一方水土养一方人。过郑州再向南，就开始喝低度白酒，如舞阳就盛产四十六度的富平春。

　　我曾喝过一次富平春，酒后腰酸腿疼，看来豫北人还真是不能喝低度酒！

# 记吃不记打

前两天我和国强兄闲侃，我说："很多事情是注定无法改变的，放不下、舍不得、忘不掉，只会徒增烦恼。"

昨天我又沾酒了，于是又住院了，我不得不慨叹，自己真是个记吃不记打的主儿！

一直告诫自己，没有一件事值得自己去拼命。

一直告诫自己，不要让执着耗费自己的精力和时间，不值得。

一直告诫自己，扛不住的时候，就放下，硬扛着会把身体压垮，丢了健康，不划算。

一直告诫自己，地球离了自己照样转，没有干完的活儿，要知道停下来，看看风景。

毕竟，自己还是个俗人，活不出仙风道骨来。

昨天，二外甥打电话给兵奇办订婚宴。事先，姐、姐夫、兵奇，挨个打电话过来，让我一定过去。

要去的，我一定要去的！

大外甥自小在我家长大，格外亲。

二十世纪九十年代中期，大外甥就开始随我一起工作，给我所在的单位开车。

二十世纪末，大外甥因交通事故去世，当时才三十岁！

大外甥媳妇是坚贞的，这十几年，她撑起了这个家。

二外甥是豁达的，用大度撑起了这个不容易的家。

二外甥媳妇是贤良的，早应分的家，近二十年一起过，把妯娌过成了姐妹。

姐、姐夫是智慧的，把一个任谁都说要散的家过得和和美美。

姐夫的兄弟们是值得称道的，他们都在明里暗里帮衬着这个家。

于是，大外甥媳妇一家在社区有了房产，在家里建起了别墅，兵奇上大学了，兵奇工作了、兵奇要订婚了。

我心里高兴，是真高兴。我由衷地祝福这孩子！

事实上，大外甥去世，我的心就一直揪着，替姐一家揪着。

就在昨天，看到外甥的叔叔、婶婶都在忙前忙后，姐、姐夫满脸的欣慰。二外甥在招呼女方的客人，远在北京工作的外甥祎鑫也带着一家人赶了回来，大外甥的姑娘也快大学毕业了。我揪着的心一下子就放下了。

我又沾酒了。在去的路上，我连一点喝酒的念头都没有，还说："当然的，坚决不喝酒，不能破了戒！"

身处其中，我难以自持。

酒后我的归宿是医院。

我想明白了，还是应该喝！

我又一次地与死神擦肩而过！

对这个世界来说，人就是过客。人对于人，也只是生命中的过客。生活在这个世界，我们也都是世界的客人。既然是客人，那就客随主便，顺遂自然。当你顺遂了，所有的路过都是精彩，所有留下的都是幸福——哪怕不得不与这个世界作别！

嘿，你看我这人！

# 老李其人

五十年前的黄河，一到汛期，上游就会漂来西瓜、倭瓜、梁檩，甚至漂鱼。

据说，老李是漂到我们这里的。

老李家是长垣县的，也住黄河滩上，父母双亡，兄弟俩穷得穿一条裤子。几年前，他听说兄弟被大伯卖到了济源，就讨饭过去找，找了多年也没找到。不知咋的，在孟津就掉河里了，他抱了根檩条往下漂。

队里的群众在河边救了老李。队长问他："哪里人？"老李答："长垣哩大爷！"队长上去就给了他一拳头，说："你他娘的，占谁便宜？"

老李，四十多岁，高个儿，白净，小分头，很清爽的样子。他说："自己会手艺，能剃头；没有家，也没有家室；老家的光景，不如你们这儿。"老李在吃了顿饱饭后，就央求队长收留！自此，老李就在我们队的牲口屋住了下来，以剃头为生。

老李剃头的家伙事儿，是我们小队给他置办的。我们家的破铜盆儿，富周叔做的盆架子、折叠椅，用牲口屋的嚼子，废旧的传动带，组装出了老李的剃头挑子。

我们小队的人剃头，免费。其他小队大队的人，按人头计工分儿，剃一个头三个工分儿，按工分儿，秋麦两季给他分粮食。

老李在我们这儿住久了，我们才逐渐明白"长垣哩大爷（夜），不是骂人，那是他的乡音"。长垣话每句的最后一个字音，都往下走。他把长垣说成"长月"。说他们那儿顺口溜："南关（乖）到北关（乖），一溜电线杆（该），买碗（崴）长垣（月）绿豆丸（崴），光涨醋不涨盐（爷），酸（摔）甜（舔），酸（摔）甜（舔）。"这是好懂的。另一则说："树克叉上谷堆着俩巧，母巧说：'各异人，怎往那边谷堆谷堆呗，把俺勒毛都弄哭雏了'。公巧说：'看你那不朱贵样，哭雏了，部掳部掳不都光捻了，鞋祸啥哩鞋祸'。"

老李剃头，不分光棍儿眼儿，一律平等。来剃头，都得挨着不容加塞儿。我们队的人剃头例外，在大队范围内我们小队的人优先，在公社范围内我们大队的人优先。无论他在哪里剃头，我们队的人去剃头都优先。这例外，没人提出啥意见。

其实老李剃头，也就是个"半彪"。老李后来剃头剃得好，都是在乡亲们的头皮上练出来的。这一点，我深有体会！

夏天在树荫下，冬天在牲口屋，男人们都会提个暖水壶，去和老李闲磨牙。因为妇女不剃头，所以，就会说些"四大红、四大黑、四大紧、四大松"的荤段子，剃头的地方，就成了男人寻开心的笑场。

老李给我们队的人剃头算是最用心的。可剃头这手艺，越是用心就越出岔子。老李刚开始剃光头、刮脸，会时不时地在谁的头上开个天窗、在谁的下颏儿蹭破点皮儿。老李会拿驴碍眼的粗白布摁在上边。这粗白布遇上血色，就显得非常抢眼。

让老李剃头，我害怕。老李的推子，舍不得换。隔些时间，他就会拿推子到我家，借大哥的砧子，破凿子，斧头，修理一番。即使推子常被修理，依然治不住夹头发。你不清楚什么时间，哪一推子，会夹你哪一绺头发。那种疼，叫你防不胜防。每到夹头发，我都会骂老李，从剃头的椅子上蹦下来就跑，弄得袄领里净是碎头发，脖子多少天都扎得慌。

在我们小队以外的地方剃头，老李不咋认真，还毛糙，却能理得极顺溜儿。据传，外面的人都说："老李剃头，一部捯去屎！"我怀疑，这话就是老李自己说的。因为"一部捯去屎"这词，是典型的长垣方言。这话是形容老李在外给人剃头时，剃得麻利。

老李，大约是我上初中时消失的。他走得不咋光彩。据说他和邻村的寡妇有一腿，挨了这家人兄弟们的打，老李后半夜就拐那寡妇跑了。

老李是怎么被打的，打成啥样？我们队里没人知道。

刚开始，每到该剃头的时间，还时常有人提起老李，总觉得缺点啥。时间长了，当人们习惯了到镇里剃头，老李也就从大家的记忆里彻底地淡出了。

二十世纪九十年代末，听说老李回过我们村，自行车上还带着剃头的家伙事儿。他车前的横梁上，多了个六七岁的孩子。

我们村没有再收留老李爷俩儿。大队小队，改革成了村、村小组。村委会就是个称号，村集体没有土地房产，也就无法给老李提供安身之所。

老李说，孩儿他娘在生孩子时死了，这些年他去过很多地方。末了，他还是想留在我们村剃头，想住村西的土窑洞。

这窑洞原是九队的，九队有人怕出事儿，不同意。

老李走了。村西的土窑，当年果然在一场雨中被泡塌了。

# 高大夫

　　高大夫叫什么名字，我不知道。他到我们大队时，我刚出生。

　　高大夫是大夫，也是医学院的教授。

　　高大夫，五十来岁，高个儿，留背头，讲普通话，说话时爱背手，慢条斯理的，好像他生来就不会着急！

　　高大夫的医术好，啥病都会看，甚至还会接生。他在我们大队十多年，给无数人看过病，娘说他是我们村的活菩萨。

　　高大夫在我们村活得很自在，他和老支书下棋，他一步不让，老赢！支书就开他玩笑说："再赢，再赢，开你哩批斗会。"

　　我四五岁时，高大夫在我们村办起了制药厂。厂名叫：原阳县韩董庄公社府庄大队制药厂。

　　二姐和我们大队的另外三四个年青人成了制药厂的工人，说是工人，事实上还是挣工分儿——男的上一天班十分工，女的上一天班八分工。

　　制药厂用的药材，大部分是我们大队自己种的。我们学校后的地里就种了瓜蒌、红花、菊花、生地等药材。

　　你要认为高大夫只是会做中药，那就错了。我们村的药厂不但做片剂、丸剂的中成药，还生产葡萄糖、生理盐水、针剂这些西药。

二姐上班的另一任务，就是得带我。上学前，我也随药厂的工人上下班。

制作草药，是精细的工作。该切的要切，该晾的要晾，该晒的要晒，有的还要蒸制。此外，它们还要被运到队里的磨坊，磨碎，过箩，筛下来粗的，再放到铁碾槽中碾，再次过箩。总之，它们都要被弄成细粉状。

药片制作的方式是原始的。从药粉盆中取出同等分量的药粉，倒入多孔钢模的孔中，拿铁锥对准孔洞，用锤子砸一下铁锥，一片药就做成了。药片有不同的颜色，分别代表不同的药。做好的药片还要放在大笸箩中晾，当这些笸箩装满时，会统一分装在茶色的玻璃瓶中，瓶口打上木塞，在熬着的蜡水中蘸一下，就封了口。拧上盖子，贴上标签，这瓶药就算完工。

我经常帮大人们洗瓶子。砖砌水泥净面儿的池子，一次放一种同类的瓶子，先泡，再挨个洗；洗干净了，再运到蒸馏房蒸煮。我最爱的是给瓶子贴标签，用的是白面搅和的糊糊。到饭口，真饿的时候，就可以弄两口吃，虽然明知，头上可能会挨上一拳头！

高大夫说原阳县的西半部有两种全国最好的中药：车前草和决明子。

我们大队的制药厂生产的药是不愁卖的。不知道是不是因为药效好，反正是这批没做出来，就有电话催下一批。

二十世纪七十年代末，这药厂散了。

高大夫被调回原单位，这药厂随即没有了主心骨。高大夫前脚走，后脚药厂就散了。那些仪器和玻璃器皿，学校的老师挑走一小部分，大部分被村民拿回家装了酱油、醋。

制药厂散了。药材地上又种上了玉蜀黍、小麦……

高大夫回去工作的单位是新乡卫校。他刚离开时，大队还时不时地派人去瞧他。

二十世纪八十年代初，队里的土地、果树、农具都分到了户。我们家分了几棵大柿子树。大哥去新乡卖柿子，在新乡卫校门口碰到过高大夫，大哥给他拾了半口袋硬柿子。饭口，高大夫给大哥送去了几个白馍。

大哥到家才发现，馍下面的兜底儿放着两块钱。

# 乡居梦

曾有一段时间，我发誓到退休年龄，坚决不会多干一天，马上回老家。虽然律师这职业没有退休的年龄限制，我就是想回家，回到自己出生的地方。

我在老家有挺大的宅基地，约千余平方米。村南临路还有半亩洼地，春种秋收，当可自足。

回家的第一件事，当是拆除院子里的所有水泥地，靠院墙挖一方塘，养鱼养虾养鹅养鸭，用于自己馋嘴时的饕餮之需。鸡是不能少养的，母鸡取蛋，公鸡可清炖可红烧。兔儿也得养两只，一公一母，让它们自然地生儿育女，只看它们乖萌，而绝不用于果腹。

如果临街喂母羊两只，可交替食鲜羊奶；再喂头牲口，骡马太大伺候不起，一头毛驴就合适。置办胶皮轱轮架子车一辆，驾辕鞍鞴自己做。隔段时间，赶驴车到集上购买不时之需，临离集市找一食摊儿，三两小酒，一碗羊汤，微醺之意恰到好处，躺到驴车上，这驴子一定认得回家的路，不用扬鞭，不急不缓地回家去。

院里的大片土地种青菜。黄瓜、豆角、西红柿、大白菜、白萝卜，一样不能少。

爱人在撒米喂鸡，我靠墙根斜倚沙发上看书。这情景，自己想想都心醉！

可这事儿和爱人一说，人家干脆地说我"神经病"。她还列举了我这想法的不切实际和异想天开："你还种半亩地，你有半亩地吗？那临路的半亩地是奶留下的，早就被路占完了。你还喂驴，坐驴车，驴每天吃多少草、吃多少料，你让谁去给它弄？再说，你个开奥迪的人，回去赶驴车，不叫人笑掉大牙才怪！你还喂鱼吃虾，你会收拾吗？半辈子了，你收拾过鱼虾吗？整天甩手大爷一个，还吃鲜鱼鲜虾，做你的春秋大梦去吧！"对着爱人机关枪似的扫射，我还真有点反应不过来了。我说："这些我都不会，但我会慢慢学呀，万一不行，这不还有你吗？"爱人不假思索就反怼回来："我不回去，孩子们也不回去，你自己回去吧！"唉！我说："你不跟我回去，我咋过呀？俗话说'嫁鸡随鸡嫁狗随狗，嫁个扁担挑着走'。"她说："你就死心吧，我还要在家抱我们家臭臭儿哩。"

前几天，我看到办公室的绿植蔫了，就给国强兄说，找人来换一下。

昨天下午，国强兄就领着建军夫妇来了。

我和建军并不熟，住在这巴掌大的小城，未谋面也早就耳闻建军是书法家。

沏上茶，慢慢聊，我才知道白庙村的"栖子园"是建军夫妇搞的。

这白庙村的"栖子园"，我在抖音上经常刷到。他们的院子挺大，里面有口塘，塘里有鱼虾没有不知道，但院子里鸡鸭是有的。满院子的绿植、盆景，很是雅致。院子中间放着一个长条大案，毛布铺面，笔墨纸砚齐全。院内常有三五好友，品茗饮酒，酒后唱念做打，绘山描水，酣畅书法，大有曲水流觞之雅意。

其实，大凡人老了，就想回到自己出生的地方——因为父母还躺在老家的那片土地里！

辑二

又见炊烟

# 布 鞋

近段时间，我一直被脚疾折磨着。爱人老念叨："患脚气，最好不要穿皮鞋，要是有布鞋就好了。"

于是，趁中秋节放假，我便回到老屋里翻箱倒柜，希望能找到一双哪怕是穿旧了的布鞋，来对付这该死的脚气。翻到最后，在储藏室角落的柜子里，我还真的找到了布鞋。不止一双，而是崭新的四双布鞋，每双都用红绳儿对口系着。

捧着这一双双布鞋，犹如握住了母亲那捏针的手！

我打小野性十足，破衣烂衫是常有的事，但穿烂最多的，要算是母亲做的布鞋了。

一入秋，母亲便开始做布鞋了。在有阳光的日子里，母亲会把积攒的旧报纸、废布头以及我穿破剐烂的衣服，用吃剩下的粥粘在准备好的面板、菜板或青石条上，一层一层地粘。等晒干后，就成了做布鞋底用的袼褙。母亲会比照我们的脚，剪成鞋底的模样。常常是哥哥的、姐姐的、我的，用线穿着挂在墙上，一嘟噜一嘟噜的。

入秋的夜晚。母亲刷锅、洗碗，做完家务。就开始坐在床头纳鞋底。昏黄的油灯熏黄了母亲憔悴的脸，照白了母亲满头的黑发，顶针箍细了母亲的中指，左手指上扎满了母亲疲惫时误扎的针眼！于是，在天气转凉的时候，我就能穿上松紧口布鞋，或"三块瓦"老棉鞋上学了。

毕业后，我有了自己的工作。在上班的前几年里，我是一直穿着母亲做的布鞋度过的。总是这一双没穿烂，就有一双新的送来。

其间，也有朋友劝我买双皮鞋，我都一笑置之。

后来，我还是穿了皮鞋。那是恋爱中女友买给我的。穿上皮鞋后，感觉自己的确英俊了不少。穿得时间久了，觉得皮鞋的确比布鞋穿起来好看。此后，就再也没有穿布鞋。但母亲的布鞋还是如约而至。春季是黑条绒松紧口的布鞋，冬季是黑条绒"三块瓦"的布棉鞋。

爱人每次见带来的布鞋，总是说"妈这么大年纪了，你给她说一说，这鞋就不要做了。再说送来你也不穿。"我把这话儿在过节回家时给母亲婉转地说了。母亲还是愣了一会儿。她慢慢放下手中正在纳着的鞋底，笑了笑说："不做了。穿皮鞋就是比穿布鞋好看。"此后，我再也没有看到母亲捎来的布鞋！

三年前的初春，在病床上瘫痪了十余年的母亲，永远地离开了我！在弥留之际，母亲大脑的思维已经混沌了。矜持的母亲会不停地说话、不停地嗔怪我：怎么又打同学了、怎么又下河洗澡了？裤子怎么又剐烂了？刚穿的鞋怎么又踢烂了？说着说着就会挣扎着要下床……

看到眼前这一双双布鞋，我才知道，母亲从来没停止过给我做布鞋。虽然她清楚，我已不再穿她那模样土气的布鞋，但她仍执拗地做，做好了就放在柜子中存起来。她已经把给我做鞋当作她表达母爱的一种方式了！

捧起这一双双崭新的布鞋，已为人父的我忽然明白，母亲是想把她对儿子的爱，一针一线，纳入这一双双"千层底"的布鞋里。这一双双的布鞋是她无限的牵挂、叮嘱与呵护。

打开柜子的这一霎，储满了母亲爱抚的温暖气息扑面而来！这扑面而来的母爱和温暖，将会陪伴我这一世，温暖我这一生！

# 弄璋之喜

爱人第一胎生了个女儿。

按老家的说法"头胎生个女儿，挣她娘家两回礼儿"！从这点说还是个好事哩。

爱人怀了第二胎，七八个月时流产了，还是个男孩！

这就不能不叫抱孙心切的爸妈心里打鼓了，计划生育政策，爸妈还是知道的，所以老人家的担心也就顺理成章了。说真心话，是不是再生一个儿子，我倒不十分在意。老人家的心情可以理解，但天地良心，这也怪不得我们夫妻俩呀！可老人家不管你这么多，先是暗示，老讲某人的儿子生了儿子啦，什么大婶够福气，又抱了个胖孙子啦！偶尔也讲一些"无后为大"的故事，使你油然而生一种"不孝之感"！后来索性开门见山地念叨：再生一个吧，生个儿子不就安心啦！那意思，好像那带"把儿"的小家伙是在我们口袋里揣着的！

红花还要绿叶配，有个女儿固然不错，再有个儿子更加圆满。有女有子，才配得成一个"好"字嘛！于是，识道理，不如顺情意，管他三七二十一，生！

爱人又怀上了。老人家当然高兴，我却有些隐忧。听说不少为"生"不达意而受刺激的例子，有的甚至在产房抱头痛哭，直接影响了日后的家庭生活。爱人虽向来开朗豁达，但万一不如意，难免影响情绪，损及身心。为此，每当爱人提及生男生女之事，我总是装出一副无关紧要、什么都好的样子，而心里却是既紧张又迫切！

终于，十月怀胎，一朝分娩，那个"未知数"就要揭晓了。

爱人被推进了产房，我在产房门口走来走去。

真是度时如年。好容易护士推着车出来了，我赶忙迎上去，看到妻微闭双眼，灰白的脸上没有任何的表情。我急忙问护士咋样儿，护士丢下一句"母子平安"就匆匆走开了。本来想再问是男是女，想了想，又把话吞了下去。爱人看到我，第一句话就是："为你生了个儿子！"是一种胜利的口吻。我赶紧给家里人、给朋友、给亲戚报喜！

举家老小皆大欢喜。看看这胖小子，还不到满月，就会跟人家挤眉弄眼嘻嘻笑。大一点，一岁多就会跟着翻译叫爸叫妈。再大一点，七八岁，反而瘦了许多，却调皮捣蛋！时不时还没大没小，不分长幼地与我这做律师的老爸逗凶斗嘴。

多少年过去了，再回头想想这弄璋之喜，真是有些好笑！

想想，这人哪，真是太有意思了！

# 臭臭儿

臭臭儿，是我的小孙子。

为了给这孙子起乳名，爱人可谓挖空心思，起出的名不是与别人重名，就是寓意不好，抑或不够响亮，可把这当奶奶的难为坏了。末了，甄选出"跑跑"为名号，称动感、调皮，更有别于女孩，自觉妥帖。

孩子生出来，开始叫了，才发现"跑跑"这名字，无法表达亲热劲儿。我随口就喊了"臭臭儿"，这似乎才透出些亲切，更符合了老家给孩子起名"越贱孩子越结实"的心愿。

臭臭儿出生前，我与爱人的愿望是"只要母子康健就好"。臭臭儿出生后，我们的愿望是"只要他是正常人就好"。今天臭臭儿两岁了，四肢七窍没毛病，思维正常，这就叫我们这做爷爷奶奶的放心了。

我是律师，加班是常有的事，但臭臭儿改变了我的工作习惯。无论多忙，到点儿我就想回家。因为每到我下班这点儿，臭臭儿总拉着他奶奶到门口，扯着嗓子喊："牙牙、牙牙!"

臭臭儿的玩具多为机械车辆，极少有娃娃。

他很喜欢吊机、挖掘机、叉车、大货车，见了这些车总是表现出极度的兴奋。我便带他到工地看挖掘机，到钢铁市场去看航吊。

看到这些，他便手舞足蹈地喊"吊吊、挖机，吊吊、挖机"。有时，我便将他放到汽车驾驶室，这时他便学着大人的样子，不停地操纵挡杆、方向盘。这时节，他是拉也拉不下来的。偶尔睡觉撒吆挣，他还在说"吊吊"！

臭臭儿，这小家伙，话还说不囫囵，却极会表达他的意愿。

我这孙子挺皮实的，很少听见他的哭声。有天听到他"啊，啊"，我跑出来看，发现他从地上爬起来，脸上一块黑。我问他咋啦，他用手指着茶几说"碰、碰"。

孩子没有不生病的，最怕的是喂药。每到喂药的时间，他就会说"跑、跑"，搂不住，就开始边躲边喊"牙牙、牙牙"，直喊得你肝儿颤！

就此打住，不能再写了，我得马上回家见臭臭儿！

# 又见炊烟

娘离开我快十年了，就一眨眼的工夫儿！

记得小时候，家里除了冬天，都烧土灶——四个角用青砖垒砌，其他都用土坯砌的那种！

灶台拴了娘一辈子。我们兄弟姐妹五个，大哥结婚早，孩子多。娘里里外外一把手，做十来口人的饭，现在想想都替娘累得慌。

灶台只有一个。蒸完馍就得刷锅熬汤，炒完菜接着煮红薯，灶不得闲，娘也停不下来。奶奶不是亲的，这是我们家孩子都不知道的。爹娘待奶奶比亲的还亲，吃食紧张那会儿，爸隔几天就要回家送一次白馍，那是爸在单位吃杂面馍省下的。

奶奶牙口不好，灶台不得闲。奶奶会让娘把馒头放到灶台的熟火上烤，待把饭端到桌上，再把烤得焦黄的馒头拿出来。奶奶会把焦黄的渣一圈一圈地揭下来，里面的馒头暄腾腾的，冒着热气。不用说，那些焦黄的渣就是我的了。

爸刚退休的那几年，我们都在外面上班，娘算是过了几年清闲日子。可自我有了孩子，老两口就又忙活得脚不沾地儿。爸去世后，没两年，娘就偏瘫了，这一病就是十数年。

由于生活不能自理，娘没了办法，才和我们来到城里。现在我还真心地庆幸娘病了这些年，要不，依她的性格，绝不会来城里住。按娘的话说这里"不闹和"。

儿子要结婚了，光装修新城区的楼房忙活了小一年。就住进去一个多月，我坚决地搬回了老院儿。没有什么理由，就是不习惯。我睡眠不好，楼上的高跟鞋，晚上十一点多还在响。上面尿一泡，下面准知道。在一摸手高的房子里，憋气。哪儿哪儿都不顺气儿！

今年春节。书慧嫂老早就通知爱人，蒸的、煮的都到她们家，她张罗了灶火。爱人在土灶上蒸馒头、蒸包子、蒸清蒸，煮肉、煮杂碎、炸鱼、炸酥肉，忙得不亦乐乎。回来就热乎乎地和我说，明年咱也去弄个灶台吧，你看，这才像过年！

当煤炭代替了柴火，液化气又代替了煤；当白云蓝天代替了除夕、初一漫天烟花；当辛苦的交警代替了丢在半路的车；当酒店的爆满代替了醉眼迷离的男人、忙忙碌碌的女人……我知道，在这老院也不可能待得太久！

自己还会想起灶台后冒出的浓烟，还会记起火红的灶膛里焦香的馍，还会想起娘忙碌的身影，还会想起那亲热热的乳名……

大半辈子的时光就这样过去了。

最令我动容的，还是老家的烟火气！

# 向阳而生

父亲内敛，话不多，说话难听，但心地柔软。

父亲找人给我算命。说我命中是该有四个孩子的。

父亲的生日在腊月三十晚上。我姑娘生日在腊月二十五，大小子生日在腊月十九，二小子生日在腊月十六，三个孩子之间都相隔一年。

事实上在姑娘与大小子之间，还有一个孩子。按照预产期也该是在腊月出生，在七八个月时早产了。那年天冷得早，漫天的大雪。

不知父亲从哪个算命先生处听说的"一月仨生、金车银镫"，就老说，我们家不止一月仨生，是一月四生，话语间满是欣慰。

我自己喜欢摆弄些文字，却鲜有涉及父亲，也极少提及孩子们的。

父亲幼小而孤。奶奶在父亲三四岁时就病故了，爷爷又续娶。在父亲五六岁时，爷爷被土匪绑票了，虽然给送了三百大洋，绑匪还是撕票了。之后若干年，父亲是在继母娘家度过的。父亲说，冬天是最难熬的，天麻麻亮就要起身，背上箩筐，拿起抓钩，到地里刨高粱茬。中华人民共和国成立前的黄河大堤北，净是盐碱地、苇荞坑，抓钩钩在冻土上，一抓钩几个白点。刨得少了回去就会挨打。父亲十五岁参加工作。土改队、农牧场、轧花厂、供销社……处处干得出色。

父亲退休后，最高兴的事就是抱孩子。我的子女在上学前都和爷爷奶奶睡。那种亲，无法形容！

我对孩子，从没有过高的奢望。

爱人在怀孕时，我总在想，这孩子出生，无论丑俊、无论是否成才，无论他多么平凡，只要健康、只要母子平安就好。

所幸仨孩儿出生，还都是正常人。我就老和爱人说，爹娘上辈子积了德了！

和朋友谈及孩子，我总说，孩子是散养的。我从没给孩子们庆过生日。父亲健在的时候，会在腊月三十晚上弄上一桌菜，给父亲过生日。

我从不信命，但我相信机缘。

父亲和我命中的四个孩子都出生在一个家庭，都出生在腊月的年根儿，这不是偶然！

老家人对出生的年龄，按阴历、立春、属相计。不以公历计。要依这个算法儿，我这个家庭都该算是生在春天！

当下流行一句话：面朝大海，春暖花开！一语道出了春天的生机。

今天立春！

# 我的大哥大嫂

那天晚上，我因多贪了几杯，导致心脏痉挛住进了医院。

大嫂不知从哪里听说了我住院的事，她打来电话，没开口，我就听出了哭腔儿。我知道嫂子打电话，大哥肯定在旁边，他俩腿脚都不好。大嫂前段时间摔伤了腿，刚做完手术。絮叨了半天，最后大嫂嘱咐我"酒，以后可再也不能喝了"，话语里充满母性的关怀。

大哥大我二十岁。大哥大嫂结婚时，我刚学会走路，我是家里的老疙瘩。

大哥这辈子，为我们这个家付出了前半生。大哥刚毕业那会儿，是完全可以出来工作的，父亲在乡粮管所已给他安排了工作。

那个时候，我们家人多，挣工分儿的劳力少，在队里老是缺工分儿。缺工分儿，分的粮食、菜蔬就少，就老不够吃。大哥在我们兄弟姊妹中是老大。在人生转折的关头，大哥对父亲说，他算了账了，上班每月死工作，就二十多块钱。在家劳动的话，家里就不会再缺那么多工分儿。他打算拜本队的木匠福州叔为师，说打一辆平车，就可以赚十几块钱，比上班划算多了。父亲没有表态。我想父亲听后，心里感到遗憾，但肯定更多的是宽慰。

大哥是这样说的，更是这样做的。他这一辈子，就是种地，做木匠活儿。

辑二 又见炊烟

二十世纪七十年代，盖房子、嫁闺女，打家具是不兴收钱的。那时候都是请老师。每逢哪家盖房，上大梁，大哥回家总会给我带回来两三块糖，或白面馒头。

大哥为人厚道，手艺又好，在附近村是有些名望的。

父亲去世，殡葬按照乡里老规矩，是要请人的。人在乡里间，混得好不好，主要在红白事儿上看。根据董老的安排，父亲的事儿大，要请200人。丧事请人，是要磕头的。大哥不让我管，说我在村子里人头儿没他熟。我知道，这200个头，是要一家一家去磕的。

殡葬的头天下午，要移灵。我们村子不大，也就一千多人。当天就来了三百多人当忙工。第二天，更是来了四百多人。董老说，没见过恁家人缘这么好的。没去磕头的，都来帮忙了！

墓地在韩屋后，幸福渠南。当时，我们村与韩屋村之间还没有桥。要绕到姬屋村，有四五里的路程。十六人抬的白轿，要好几班儿替换着抬。父亲的葬礼，在十里八村都算是风光的。我知道，那风光不因为我当时是个小小的供销社主任，那是大哥几十年的"搭差"付出换来的！

大嫂娘家是焦庵村的，姓师，师姓是单门独户。小时候，大嫂麦收后住娘家，总爱带我去。记得大嫂的二弟和我年龄相仿，他们家有几十株的杏树、桃树、核桃树。麦收后，正是杏黄的时候，我挑着摘，吃得我流鼻血，还吃着拿着，回家时一篮子黄杏、毛桃。

我们家分家时，我的侄女都快成年了。农村，结婚后十数年不分家，在那个物资匮乏的年代，是不多见的。从我记事儿，大嫂和娘就没有红过脸。婆媳关系处得好，我们家在不算大的村子里是数得着的！

我们家分家，是另有原因的。大嫂的二弟因癌症，未成年就夭折了。大弟忠哥结婚后，媳妇在生下一双儿女后去世了。忠哥续娶的媳妇不是太懂事。大哥就建议，把大嫂的父母接过来。可我们家是四世同堂的大家庭呀。于是，才分的家。

我和大侄女没差几岁，小时候和侄女争吃争穿是常有的事儿。大嫂从来没有因此对我有责备的意思。

　　娘病瘫在床的那些年，因为大哥身体不好，我就不愿意拖累他们。有一年，给娘过生日，大嫂和我商量，她要和我爱人轮着照顾娘。是我酒后秉气壮，坚决不同意，说她能把大哥照顾好就够好了。可是大嫂坚持说："我要不照应娘，孩子们会怎么看我？全村人会怎么看我？"这话，叫我无法反驳。

　　我在两三岁时跑丢过。那是个深秋的上午，家人都到队里摘棉花，大嫂在家做饭。我睡醒后就问：娘去哪儿了？她和我开玩笑说，娘去姥家了。我记性挺好，就顺着向姥家的方向跑。跑到韩董庄，见一群孩子在沙冈玩，就和他们一起耍。待到饭点儿，在一起玩耍的就剩下了我。后来被该村的一位韩姓长者领回了家。最后，通过广播站，大哥、大嫂、大姐、二姐跑过来，才把我接回去。回去才知道，家里人找我都找疯了。那是大哥大嫂唯一的一次生气。

　　之后的若干年，大嫂还在笑话我，"还想不想再去广播广播"！

　　一转眼，我已五十多岁。大哥大嫂也都年过七旬。虽然腿脚不好，他们依然惦念我。

　　这不，昨天刚丢下电话。今天就让侄子、侄女们来瞧我了。

# 二哥，是根芽菜

我们哥儿仨，我和大哥长得虽说不上魁梧，但还算身强力壮。二哥个子和我们不相上下，却总是一副营养不良的清瘦模样。可能是瘦的缘故，就总透出点佝偻，用我们老家的说法就是"扣肩儿"。说实话，我和二哥长得不太像。

二哥和我不相像的地方太多，从性格、智力到思维方式，堪称迥异。

二哥大我九岁，出生恰遇国家最困难的时期。如此，二哥的瘦弱就得到了合理的解释：他的瘦，就是从小饿的！

二哥的记忆力明显优于我们兄弟姐妹，他有读书的天分，这绝非胡诌。二哥从上学到高中毕业，考试向来都是第一，特别是数理化，总考满分。当时高中毕业，不是通过考试读大学的，上大学，靠的是层层推荐，不靠分数。二哥高中毕业后要回队里参加劳动，爸说："到队里，也混不上十个工分！"最后，二哥到我们学校当了民办教师。

我现在五十多了，要说在心里怵谁，排第一的就是二哥。

我从小仗着一身蛮劲儿，整天打东揍西，破马张飞的逞勇斗狠。学习就从来没有太好过，总是不上不下中不溜儿的样子。自打二哥当了老师，我就成了挨揍的对象，屁股上挨巴掌是轻的，有时他会一脚把我踹个屁股蹲儿。原因大多是作业没写出来，考的分数低，写的字像虫爬，一串儿挨打的理由。如果说我现在还能喜欢读书，喜欢涂抹那么几行字，与二哥当时下的狠手不无关系。

事实上，自我上初中以后，二哥就没再打过我。

那段时间，二哥醉心中医。他和本村的"诗书仙儿"自才爷学医，整天拿本发黄发脆的线装书看，还弄副医用骨架，比着穴位给自己扎针。我问他疼吗？他就一个字"沉"。

二十世纪七十年代末，二哥结婚了。二嫂是我们邻村的，没咋上过学。订婚在我们那儿叫"见面儿"，二哥死活不同意，但他的犟劲儿最终没能战胜爸的威严。其实，二哥的女朋友就是我的老师。我知道，我的老师比二嫂性格温婉得多，也漂亮得多。二哥没能追求到自己的爱情，就无奈地开启了一桩注定不被看好的婚姻。

二十世纪八十年代初，改革开放。二哥是较早觉醒的那群人。那是个百废待兴的时代，物资商品的极度匮乏和吃饱肚子后的需求开始凸显不匹配。二哥就在那时辞职，开始在当地收木料，运到焦作煤矿换煤卖煤。

就是那年的春节，我刚上高中，二哥和肖家老三开辆破青海湖汽车，拉一车的煤回家，两人都是身裹蓝大衣，满脸的煤灰。我跑过去接二哥的破衣服，他顺手给我戴上了一块洛阳牌的手表，说："上学，不能迟到！"

没想到，二哥被疾病放倒了。

那是 1985 年的深秋，二哥老说身上没劲儿，就到县防疫站检查。化验结果击垮了二哥，是败血症。第二天，我和二哥赶去省人民医院。我们要坐马车先到武陟县的詹店火车站，行走在黄河大堤上。秋风萧瑟，风刮翻了田地里摞靠起的秫秸秆儿。二哥说："我知道，自己就像风中被刮翻的柴火，倒下，就是一阵风的事儿，撑不了多久！"

我至今还记得当时河南省人民医院的破败模样。红瓦的起脊房，三两层的小矮楼里，我找了一个又一个专家，得到的治疗手段基本是一致的："病重了输血或开些肝精补血素之类的药回家。"住院没几天，病区里三天推走了两个。二哥选择了回家，他说："我烦看见医院后面的烟囱！"

命运总爱捉弄人。我们从医院回家的那个初冬，二嫂说她怀孕了！二哥翻书的手停了下来，我清楚看到，他煞白的脸泛起些许红晕。

熬过一个冬天，二哥瘦得就剩下那身蓝大衣，但他比之前还多了些精神。草发芽了，他拿个凳子去幸福渠河堤边掐茵陈。二嫂肚子里的的孩子给他注入了生的勇气。他翻了一冬的古书偏方，就想活出个奇迹。

1986 年的初夏，二嫂在去卫生院检查的路上，为跳过一个水沟，摔倒流产了。二哥求生的意志坍塌了！

二哥，一生的憋屈。二哥，就像泡了发、发了泡的豆芽菜，别着窝着抵着顶着在生长。

院子里的花开了。二哥偎在我怀里，萎枯成了根豆芽菜，在如注的暴雨中飘出去，飘到了那个，他不再挪动的所在。

二哥，他累了！

# 说什么孝道

今天是中元节，这是个独特的节日，只为祭祀设立！

在黄河流域的中下游，这节日又称"鬼节"。

节日习俗主要有祭祖、放河灯、祭亡魂、焚纸锭、祭祀土地等。它的诞生可追溯到上古时期的祖灵崇拜以及相关祭奠。七月是吉祥月、孝亲月，七月十五是民间初秋庆贺丰收酬谢大地的节日，有若干农作物成熟，民间按例要祭祖，用新稻米等祭供向祖先报告秋成。它是追怀先人的一种文化传统节日，其文化核心是敬祖尽孝。

中元节，流行于汉字文化圈及海外侨胞。这天，人们通过虔诚的祭祀活动，表达慎终追远的情怀。中元节与除夕、清明节、十月一，共同构成了中华民族的祭祖传统。2010 年 5 月，文化部将香港特区申报的"中元节（潮人盂兰胜会）"列入国家级非物质文化遗产名录。

每年的七月十五，我总是要回老家烧纸钱的。

爱人总是在头一天就开始张罗，买祭品、煮祷头。第二天早上，总不会忘记买些火腿肠、炸糖糕，这是娘的最爱！

今年的七月十五，由于上午、下午都有刑事案件开庭，我脱不开身。"七月十五"的祭奠，只能辛苦爱人了。

我们家的男人，爷爷被"起票"，父亲、大伯都没活过七十岁。我总是慨叹"我们家男人，没有长寿基因"。爱人每听到这话，总是让我"呸呸"。

即使我每年七月十五回老家，爱人也无一失陪。我知道，她和我一样挂念我的爹娘！

娘在爹去世的第三个年头，身体开始变坏。接二连三地住院，最后还是留下半瘫的后遗症。这对刚强的娘来说是不可接受的。娘的脾气越来越大，不吃饭、不睡觉、怨天尤人，总说拖累了我们。

我们那一批上班的有十数人。这年龄，都是孩子"离脚手"，到了享受自由的时候，让爱人天天守着个瘫痪老人，喂吃、喂喝、刮屎、把尿，想想都替爱人委屈得慌！

"瞌睡不能当死呀"，这事儿拖无可拖。于是，我揣着明白和爱人商量"咱俩人谁辞职？"。爱人虽然整大嘻嘻哈哈的，可她生性善良，通事理，没容我说第二遍，就到单位辞了职。

此后的十三年，爱人就成了"全职太太"。

家里没有老人的朋友，很难体会伺候老人的艰辛。

娘是大个儿，略胖，当年在生产队，是可以和男人们一起"扛大缸的"。爱人则身小力薄，给娘洗澡擦身，不想些办法，还真有不小的难度。我到广西出差，九天时间，心就没有消停过，总想着老娘在家会怎么过！

一开家门，娘就听出是我回家了，看见我，就眉开眼笑地说："小红可有力，会把我拖拽到床边，背下床，给我洗澡了！"

在娘最后的一年里，思维已变得有些混乱，每月总有那么几天说胡话，净说些已经过世的亲人，说得最多的是姥姥家的事儿。有一天，我回家看见爱人在哭，说："娘闹着要走娘家，扒着床头，从床上掉了下来，把脸颊磕破了。"我知道这不是个好兆头！此后，娘便频繁地住院。同病房的老人，都以为爱人就是我娘的闺女。

在娘葬礼的头天晚上，我和大姐、二姐给娘守灵。姐夫都是过继给他大伯家的。我怕她们在这特殊的家庭中落不下好名声，所以在照顾娘这件事上，我平时没攀扯过她们。躺在娘的身边，一向寡言的大姐说："要说和娘亲，俺这俩闺女都比不上小红。"后来我把姐的话说给爱人听，她背过脸去，说："娘也是这样说的！"

前段时间刷抖音，看到邻村有葬礼，是从山西请来的六十四人抬，闺女、媳妇们哭得死去活来的。爱人说："娘苦了一辈子，也没用上这排场！"再后来听爱人说，"办丧事那家的子女并不孝顺，老人是蹬三轮捡荒途中发生交通事故去世的。肇事车辆赔了几十万，闺女、媳妇争交通事故赔偿款，打得头破血流。最后，用两班儿响、雇哭灵的、请六十四人抬，都是他舅姥家要求的。要不，就不让埋人。他们村的人说，儿女们哪里是哭娘呀，是哭钱哩！"

孝顺这事儿，只可意会，不可言传。往往忤逆不孝之人，为了"媚活人眼"，更愿意在老人去世后，大操大办，大哭大号，以示孝道，博得孝名。岂不闻，古人就有"祭而丰，不如养之薄"的古训。这样做，不但不能找补回来那些亏了的良心，更会贻笑大方。

在中国，孝是最基本的伦理道德标准，是做人子的本分。

我熟悉《孝女曹娥碑》，源于"黄绢幼妇，外孙齑臼"的典故。后来才知道，现在的拓片都是北宋蔡卞的临本。

我不喜欢曹娥，因为我看不出她孝在什么地方。我也不喜欢《二十四孝图》，因为其中有些行为过于荒诞。

前些天和宏波闲聊，才知道这些年他为何谢绝应酬。我原以为他是惧内。和他聊完后才知道，他和我一样，那些年，家里躺着瘫痪的老娘。

# 红　妞

　　爱人名叫庆红，这名字缘于重庆。据说，是岳父在红岩嘴中共南方局暨八路军重庆办事处当兵时岳母怀的爱人，所以起的这名儿。

　　这名字是给别人叫的，我还是习惯地喊她"红妞"。好像这样叫，她就不会变老，一声"红妞"，她就回到了青春年少！

　　两家老人在一个单位工作，住一个院，我和红妞自小就熟识。

　　我俩在一个单位工作。她晚我两年上班。我们俩恋爱，好像是天经地义。

　　红妞家姊妹多，她行二。

　　二十世纪七八十年代，她家吃商品粮，这在当时是件挺牛的事。红妞在姊妹中是最绞手的一个。因为身体弱，在家谁都得让着她。姥姥表现尤甚，凡有好吃的，先尽着红妞。偏偏她又性格好强，对姊妹时常挑衅。一旦混战，受气的总是她的姐妹们。可能是从小体弱的缘故，个子不矮的她，瘦瘦弱弱的，总像营养不良。我老开她玩笑，喊她"一风吹"。

　　十六七岁参加工作时，红妞已经出落成一位袅袅婷婷的大姑娘了。

　　我们的爱恋得到了双方父母的首肯。因为知根知底嘛，父亲忙不迭地说："红妞啊，那是看着长大哩，可中可中！"那情形好像我占了多大便宜似的。

那时候，我们家的状况明显不如她娘家。我和她开玩笑说，她值"六百块钱的价儿"。单就结婚来说，她娘家的付出远比她婆家要多。

1990 年年底，没有现在的婚礼讲排场。我借了几个乡镇长的吉普车，就把婚给结了。

按照老家的规矩，婚后第三天，新媳妇是要下厨房的。这项婚俗的最初用意，大概是考察新媳妇是勤还是懒。娘头天就说，不信这破规矩，可红妞坚持要按规矩来，早晨起身儿就奔厨房，还没有干啥，就把热油浇到脚上了，弄得一个多月走路像瘸子。

婚后，我们也煞有介事地单独开火。这时，红妞的厨艺我可算是领教了。她做的饭菜，的确不如我们单位伙司老刘。之后，因为我好酒，红妞烧菜的水平也渐次提高。现在每到春节，侄儿、侄女、外甥儿、外甥女，几十口人，做数桌冷热饭菜，她游刃有余。嘴刁的孩子们都成了她的粉丝，说她做菜的手艺比饭店的要好！

红妞家的家风好。岳父岳母把仁爱、善良，浸润到子女的骨子里。无论是单位还是在老家，谁说起红妞，都说："这妞不错！"

红妞心地单纯，怜贫惜弱，为人做事不做作，到哪儿都落个好人缘儿。

农村俗语"邻居好处，妯娌难搁"。理由很简单：虽然邻居抬头不见低头见，妯娌可是要在"一个锅里耍饭瓢"的。红妞和大嫂处得像亲姊妹一样，也着实难得。

村南有奶奶遗留的半亩口粮田，一直由我打理。因修公路被占了，剩下路西侧的一条深沟，父亲让我买些杨树苗，在沟的两侧栽了两溜儿的树。一晃二十年过去，父亲也过世十来年，我栽下的树，却郁郁葱葱地成了材。卖树前，我委婉地给红妞说出我的意见：想把卖树的钱给大哥些。她说："大哥家孩儿们多，事也多；卖树的钱，咱弟儿俩平分不就完啦！"七万元，在十几年前，对还不宽裕的我们家可算是不小的数目。

可能是姊妹多的原因，红妞特别能理解别人的不容易。娘瘫痪十数年，照顾娘这件事，她从来不攀扯我的两个姐。她说："俩姐家茬口一样，姐夫都是过继给了大伯，家里一大家子的老人孩子要照顾。照顾娘，不指望她们。"

红妞心直口快，属于那种"刀子嘴，豆腐心"的主儿。

性格完全不搭的人，生活在一起，真的需要磨合，特别是婆媳。大儿子两口儿是大学同学。儿媳璐璐心地善良，内向且不善表达。最初婆媳俩一直和平相处，可小孙子一出生，就把性格差异给激活了，她们也顶过一两次。有次，小孙子住院，看到小孙子手被扎出了血，红妞像愤怒的机关枪一样，扫射了医生、护士和儿媳。事后，她和我说"想想，璐璐这妞挺不容易的。从洛阳嫁到咱这儿，隔河渡水的，她身边既没有亲人，也没有同学朋友！"我笑了。你看，这人就这项好，啥事都能回过头，替他人想！

我在红妞心中，可能是最重要的，就连我长得难看，她也容不得别人说。二十年前，我和国强兄在郑州办案。省招标局的处长坚持要请我们吃饭，处长在饭桌上给国强兄说："金律师年龄大概四十五六岁"。国强兄表示看得挺准。说你看邢律师多大？这人端详再三，说："邢老师，他肯定比金律师你大，大也大不了多少，就大个十来岁吧。"实际是，国强兄大我十岁。回到家，我们把这当成笑谈。红妞说，"这人是个晕孙，你咋不拿桌上的菜盘子拽他脸上哩！"

有天闺女说我："你和俺妈的性格完全不搁合，咋处的呀，这几十年！"

我说："恁妈呀，她就是个长不大的小姑娘。既然你改变不了她耍些小脾气儿的禀性，那你就让着她、宠着她呗！"

红妞在旁边听到了，就又是一顿机关枪扫射。

嘿嘿，你看这人，她就是这样子！

# 娘 娘

一岁多的小孙子和我爱人回娘家，看到年逾八旬的我岳母。我小孙子该叫我岳母什么？我姑娘说，该叫"娘娘"。

因为我姑娘是管她母亲的姥姥叫"娘娘"来着。

我父亲和我岳母都在韩董庄这个小镇工作。我和爱人也在此工作，爱人的家就在这个小镇。

爱人的姥姥，就生了我岳母这么一个女儿。岳母年轻时高挑个儿，长辫子，不是一般的漂亮，当然也是老人手心里的宝了。岳父当兵十数年，转业到新乡市工作，后来为解决两地分居问题，才调到这小镇的粮管所。再后来为了老人，就把家安在了这小镇。

我姑娘出生那一年，岳母刚好退休。姑娘出生就有两个专职保姆：一个是女儿的姥姥；一个是爱人的姥姥。女儿的姥姥心细，负责喂奶、喂水，负责抱、哄、睡。爱人的姥姥手巧，除了做饭、洗尿布，还会给姑娘做老虎头鞋、蝴蝶帽儿、生肖斗篷。姑娘的新衣服，春夏单、秋冬棉，总是这一身儿刚穿上，下一身就做了出来。

姑娘一岁多，开始呱嗒话儿。任谁都不叫，第一个叫的是"娘娘"。我分明看到，俩姥姥眼里噙着泪。

姑娘长到两三岁，讲话会拐弯了，会叫姥姥，但就是拐不过姥姥娘这个弯儿。索性最后就不引导她再改口，姑娘就喊姥姥娘为

"娘娘"了。

娘娘出生在一个诗书家庭。爱人的舅姥，中华人民共和国成立前后都是教师。娘娘虽然识字不多，但性情温良，心灵手巧，待人宽厚，在街坊邻里是为数不多的明白人儿。

娘娘只有姥姥这么一个女儿，姥姥有包括我爱人在内的五个闺女。姥姥上班，姥姥的这一群孩子，都是娘娘照应大的。所以，岳父对娘娘特别的孝顺，绝不让她受半点委屈。

姑娘大一点了，要接到我们身边生活。姑娘舍不得娘娘，娘娘也舍不得姑娘，老人家一直抹眼泪。姑娘和我们生活了俩星期，再见面时，娘娘欢喜得像姑娘一样。

娘娘是在九十四岁那年去世的。当时，我姑娘正在大连读研究生。在姑娘这一茬孩子中，最得娘娘宠的还是我姑娘。可我姑娘最终没有来得及送送娘娘。这成了我姑娘一辈子的憾事了！

今年，跑跑的娘娘也八十岁了。愿，娘娘万安！

# 姑娘三十

姑娘是我们的第一个孩子。

文文弱弱的姑娘，自上学就没让我们操过心。年年第一名，每学期都获奖学金。姑娘俨然成了我们骄傲炫耀的资本。

知女莫若父。我知道，姑娘不是那种天赋型的，她那些成绩都是努力的结果。事实上，这正是我担心的。果然，在以高分儿考入一中精英班后，第一学年，姑娘的自信心就受到了严重的挑战。高中三年，她再也没有考进年级前三十，这令她非常懊恼。我就经常开导她："不要太在意名次，只要努力了就好。"这话等于没说，她已经够努力的了。她同寝室的好友吴双说："寝室强制熄灯后，姑娘躲在被窝里拿手电看书。"听到这话，我心里就是一痛！

高考时，我送姑娘进考场。我能感觉到孩子的紧张，便故作轻松地对她说："不要太在意结果，只要努力了就好。"

要强的姑娘没能考进她希望上的大学，而是考进了河南师范大学。河南的考生，考得上河南师范大学，已属不易！

大学四年，转瞬即逝。她那没心没肺的娘，都不知道问姑娘，谈没谈个男朋友。我这个当爹的只好觍着脸问。姑娘说："师范院校，男女生比例失调，男生不但数量少，而且质量差。"我知道，这不是她没谈男朋友的原因。这大学四年，姑娘在学习上没有丝毫松懈，她是没时间谈恋爱。

姑娘的性情随我，比较晚熟。要不，考研究生时，怎么又考了师范大学？这傻闺女，明知自己情商低，还考了这类"狼少肉多"的学校。

研究生三年，这妞就没咋给家里要过钱，还考过了英语六级，拿到教师资格证。这时，她那大心脏的娘也抓慌了，催促姑娘带个男朋友回来。我心里暗笑，她要能谈男朋友才算怪！

还有一个学期就毕业了，姑娘和我们谈她的毕业规划："要么继续读现在这个导师的博士生，要么工作。在学校，她已经被新东方北京总部签过了，毕业就能上班。"

还算稳重的我，一听就多毛了，说："这俩选择都不行！"继续读博我不同意，在师范大学读书读到三十岁，连谈个对象都困难，不能再读。去新东方我也不同意，虽然它在教培行业是中国第一，但那里竞争太激烈。姑娘宽容地笑笑说："爸，你说我毕业了干啥？"我笑而不答。她似乎已经看出了我的小心思说："我回来考个编制？"

姑娘还是没有按我的想法走下一步，而是按自己的主张，到省某学院当了老师。好在郑州离家就一河之隔，也就半个小时的车程。我的"小棉袄"，最终没有飞走，我提着的心终于可以放下了。

工作稳定了，我的闺女，就差成为谁的新娘。想到这儿，我那放下的心，就又提溜了起来。

嘴里是催她谈男朋友，心里又怕。哪一天，她说"谈了个男朋友，要嫁到外省去"，那可该怎么办？不谈就不谈吧，即使让心提溜着。可话是这么说，爱人她不干呀，就整天地叨叨："赶紧谈个吧，也不想想自己多大了。"最后把姑娘絮叨烦了，姑娘就说："学院有事，我得回去。"

暑假俩月的假期，她果然就没回来。理由是暑假期间给专升本的学生辅导英语。这理由还真有正当性，堵得爱人没话说。我埋怨爱人"闺女不回家，都是你逼的"。可想想，何尝不是我逼的呢！

爱情靠缘分，缘分又是个不可捉摸的东西。于是，爱人见朋友就说:"给我们家姑娘介绍个男朋友呗!"我都看不下去了,好像我的姑娘是真找不到婆家似的!可爱人不理会这些,我行我素,还有了点乐此不疲的意思。

我的姑娘恋爱了,谢天谢地,男孩是我们当地的,也在郑州一所高校任教。我的心终于可以不再吊着。

俗语有"三十而立"之说,那年我的姑娘三十岁恋爱了,真够不容易的。终有一天,我得心不甘情不愿地走过红毯,把她交到另一个男人手上。想到这里,我顿时就有了自己最在意的宝贝,终究要被别人偷走的感觉。

想想这些,我就来气!

# 心系军旅

　　当兵，是我从小的梦想。我认为到该从军的年龄，自己就一定可以应征入伍。

　　我堂兄二哥在部队是特务连连长，每次探亲回家，都会教授我几招拳脚。我自小破马张飞地爱打架，拳脚套路一练就会，二哥就不住地鼓励："你是块当兵的料儿！"

　　我上学前调皮捣蛋，整天打架出糗，用娘的话说"这就是个浑不吝"！

　　一上学，我开始长了本事，学会要穿的了，缠着二姐，非要绿军装。

　　那年景，布就分为两种：土布和洋布。土布是娘和姐起早贪黑，纺花织布，给一梭一梭织出来的。洋布得从供销社买，布的质地有棉的、的确良的、涤卡的。虽然父亲在供销社工作，但买洋布不光需要钱，还得要布票。我们家姊妹多，很难攒够整件衣服所需的钱和布票，我的请求近乎无法实现。二姐心疼我，其实还是禁不住我死皮赖脸地磨，二姐最终答应我，可以把织好的白布，买颜料，煮成绿色，给我做一件军上衣。

　　二姐染布的技术不过关。绿布颜色染得深了许多，近似蓝色。知道就这也来得不容易，我也就将就了！可不能忍受的是，姐和近门婶子把衣服领子做成了小圆领，口袋也不是四个兜儿的。这我可不干了，这上衣的模样与军装的威武，差得可不是一星半点。这衣服穿上后更像个女孩子。闹够了，也没用，最后我还是把这不男不女的绿上衣给罩到了棉袄上。

二哥回家探亲说："刚当兵的军装都是两个兜儿，干部才穿四个兜儿，说这衣服的颜色，有点近似将军呢！"这我的面子才找回一些，觉得穿上有了个兵的模样。二哥临返回部队时，说："新兵的军装是两个兜儿，但兜儿是在上面。"我瞬间就成了被扎破的气球，刚找回的自信一泄到底，衣服兜儿开在肋下！

在上初中时，家里的境况开始好了些。春节前，父亲带回家不少布头儿，这是供销社工作人员的福利，因为买布头儿不需要布票呀！更重要的是，父亲买回了一件处理的绿的确良成衣，小翻领，下面两个兜儿，明显就是女式的，姐试了试有点小。我看见了就不撒手，那可是的确良的成衣呀！按我的要求，姐把这衣服的胸前剪两个口儿，想把衣服改成四兜儿的。口是剪开了，死活找不到同样的布料，就只能在剪开的位置加了蓝色的布牙儿再缝回去，这衣服被姐改得不伦不类。就这上衣，伴着我度过了整个初中。

那年头，为把自己弄成兵的模样，总归要戴顶军帽才像回事儿。二哥的旧军帽我戴上确实有些大，我就用纸折成帽衬，安放在军帽里，这样帽不仅能贴紧头皮，还显出军帽上沿支棱，带着威风不倒的架势！

那是一个崇拜军人崇拜英雄的时代，我还写了不少赞美军人的诗歌。

高二的上半年，我就跑去验兵，各方面都合格。武装部的人都去家访了，娘却死活不同意我去当兵，我的军旅梦就此破灭。娘病重，为了逗她开心，我就老说："娘，你耽误了一个军长呀！"

在年轻的那些年，我渴望着能打仗、能在血气方刚的年龄，突然有战时的征兵，那样我就可以去冲锋陷阵。那时期，我看了无数遍《高山下的花环》。

年前去看望老领导，他可是曾把兵当出境界的。他曾在入伍最短时间内入党提干，又以其天赋和勤奋，被吉林大学历史系录取，读本科，可见他在当兵期间的优秀。老领导在正处的职位已退休十年了，每次看望他，我都行色匆匆。直到近两年才发现，他作诗填词的功夫是同样出众。与他相处，才明白我即使能当上兵，也不能像他，把兵当出文人的儒雅来！

# 安 居

我刚参加工作那会儿，单位的宿舍是两人一间。回想学校宿舍的大通铺，自觉十分知足。

岗位调整后，我到了办公室工作，就有了单位二楼楼道口的一个房间。虽然临楼道，有些许嘈杂，但毕竟可以一个人独处，可以有些私密生活了。在这间房里，我的姑娘出生了。

1994年，我开始频繁调动工作。到二十世纪九十年代末，跑了四五个地方。这期间无论到哪里，住房设计得都差不多。主任或经理办公室，两间房，外间办公，里间居住。值得一提的是，我在陡门供销社工作时居住的房间，某位大领导，曾在这房间住过一晚。

我们借孩子姨父家在县城的房子居住。这院子是县政府的家属院，三分地，四间红瓦扣顶的起脊房，我一人居住，空落落的。这段时间我正拼命恶补法律执业的不足，关门读书，少人打扰，倒是十分适宜。

新千年，我开始正式律师执业。为图方便，我就住在了律师事务所的三楼，一同住进来的还有国强兄。之后平原弟也住进来，那时的律师事务所，着实热闹了一阵子！

2005年左右，我有了现在的居所。四分半的院子，和老家的院子比是小了些，在县城也算是大院子了。两层的楼房，窗明几净。

辑二 又见炊烟

从老家挖来的新竹罩着影壁，手伸向阳台。一方菜畦被爱人侍弄出满院的鲜花。搬进来的第一天，我想，在县城有了自己的家，终于可以不在外面飘了。

大孩要结婚了，总不能让他把媳妇娶到老院儿来吧。随后我就跑细了腿儿地四处看房，也没有个相中的。这时，我在法院工作的好友对我说："别跑了，我的房子还是毛坯，给你吧。"于是，三言两语就敲定了。第二天就和嫂子签了合同，办了过户手续。直到装修时，我才去看了房子。近一百五十平方米的大房，还带一楼三十平方米的地上车库，总房款三十多万元。我算了一下账，这价钱就是老兄买房时的价格，估计他连利息都没算上，更别说赚我的钱了。爱人和我说"咱哥，可是没挣咱钱呀"，话语间充满了感激！

房子装修，爱人成了大忙人，跑得不亦乐乎！

大孩是腊月结的婚。我和他们在这房子里就住了一个月，就坚决地搬回了老院儿。

这商品房呀，住里面憋屈得慌。上面尿一泡，你一定会知道，我就怀念起自己的院子，一刻也不愿意在这儿多住！搬回老院子的当晚，我就睡得特别香！

现在姑娘和儿子都在郑州工作，都有自己的房子。这两天爱人说她作难，睡不好觉。她说："小儿子快要孩子了，这孩子可该怎么看呢？把孩子抱回县城养吧，媳妇儿肯定不同意呀！"爱人为难地说，"我去他们家吧，又要把你撇家里，我就整夜地睡不好。"我听后就笑个不停地说："红妞啊，你太固执了！县城离郑州一拃远，我开车上高速下高速就到了！"爱人说："你都多大年龄了，还能让你来回地飘？"我瞅了一眼，爱人有了点泪眼婆娑的意思。

黑夜里，我点支烟，眼前一明一暗。

我又想起了爹娘，想起了老家和老家的房子。人失去了父母，就失去了最无私的牵挂，无论住哪儿都叫漂泊，而不是安居。

# 享受幸福

每年的四月二十三日是世界读书日。它的全称是"世界图书与版权日",简称"世界图书日"。这节日,由西班牙提出,1995年11月15日,由联合国世界教科文组织确立。

国人对国际话题都有自己的文化理解。世界图书与版权日,从字面上讲,就是一个法律问题,是图书与版权保护的一个倡议。我们则把它解释成,提倡"读书或阅读"的一个动议。

中国是一个极其尊重文化的国度。读书,自古就被视作人生的终极追求,所谓"万般皆下品,唯有读书高"。

读书,是走向成功最简捷的途径,因为读书的成本低廉得只需要"书+时间"!我这里说的成功,不仅是读书带来的物质利益,更包含精神世界的丰裕。可即便是"书+时间",我们也不一定会拥有,而拥有了或许也不会去珍惜。

在我小时候,是没有书读的。我指的是,除了课本之外的所谓"闲书"。能看到的就只有小人书,我们当时称"画书儿"。

最先觉得读"闲书"有趣,源于《西游记》。邻居德奶奶识些字,天一擦黑儿,我们就往她家跑。坐上她家炕沿,我们一边剥玉蜀黍一边听德奶奶讲唐僧、孙猴儿、白骨精……

大概是我上小学二三年级的时候,韩董庄供销社开了新华书店。有次，我在里面看到一套《西游记》，上、中、下三册，定价一块八。我去了两趟，营业员才让我看了一遍目录，就这也足以让我激动了好几天。因为那些如诗词般的章回，分明讲着许多全新的故事。这说明德奶奶讲的故事，只是书中的少数几段而已。

回家，我就觍着脸向娘要钱。娘说："学校发的书，你还没读透，净看闲书。"就不再搭理我了。

自小，我就憷父亲，尽管我作为"老小孩儿"相对受宠。为了买书，我决定找父亲要钱。

欲望这东西，有时会让自己变得勇敢。下午放学，我就往父亲工作的单位跑。一米宽的小土路，道路两侧栽满了一排排的玉蜀黍，没有一丝风，三五里的小土路是如此的肃静，我甚至可以听到自己心跳的声音。

忐忑地见到父亲，我要到了钱，新华书店也下班了。父亲帮我找书店经理，我终于如愿以偿。回家的路上，边看书边走路，汗脚把凉鞋的鞋袢烫断了，就薅几根牛筋草，把两只鞋串起来搭肩上，赤脚走。我到家，天已黑了。

上中学时，村里的初中停办了，我们这一届成了首届考中心校的学生。我是以语文成绩第一名考到中心校的。中心校就是原阳"八中"。高中裁撤了，教我们初中课的是高中的老师。这些老师挺有水平！

我的语文老师叫张长凯，原来教"八中"毕业班。因受他待见，我可以借到他的书。这可不是简单的事儿，据说有些老师的书，学生借不出来。那一年的元旦，我的一首诗歌被工工整整地用彩色笔书写，贴上学校的东墙。

工作后，单位工会的书，我翻了个遍：《毛主席语录》《反杜林论》《资本论》《共产党宣言》《简明政治经济学》。一二百人的单位，没有文学方面的书。于是，只要出差，我都很积极。无论是到郑州、开封还是新乡，我出差必然光顾当地的书店。我本来就不多的工资都给了书店。

我的藏书，法律方面的居多，但文学方面的，也足可与之比肩。现在，藏书显然是多了，但我不会每本都读。因此，我就老有库存丰盈，而手无长物之感，不免会愧对起那些被自己买来却束之高阁的书来。

　　现在资讯发达，获取知识的途径广泛。但我还是喜欢一个人，沏上一杯茶，放上烟灰缸，静静地歪在床头，读纸质书。这感觉与看电子书、刷短视频完全不同！如果说多元的讯息是快餐，那读纸质书还说得上是满汉全席。

　　姑娘在大连读研究生。每次打电话，她都压低声音说："在图书馆。"我是真心地羡慕嫉妒恨！

　　这世界很大。人类对全部世界的认知，据施一公说："不超过百分之四。"我们不可能感知世间万物，那就让自己静下来，通过书去了解！

　　今天是礼拜六。深秋的窗外，阳光明媚，不冷也不热。打开一本书，走进另一个全新的世界。

　　今天，如果你问我幸福是什么？

　　我答：幸福就是我现在的状态！

# 人到中年

清明节，不只代表时令。

介子推用血红的忠诚，把寒食与清明连结。这节日，被赋予沉重！

怀念是一种病。祭奠只是偏方儿，药食还需清明雨调制才成。

一抔黄土，埋进太多人的悲欢离合。祖父母的、父母的，自己的位置就在旁边预留。

没有人会相信永生。每到这个节日，还是会反刍那些关于母爱的生动画面。

就在前天吧，她还给你缝被剐烂的布衫，还唠叨你一身的臭毛病。

就在昨天吧，他们还在生火做饭。炉膛火红，蒸汽升腾，那烟火气直熏你的瞳孔！

今天就是清明，这节日让你登时清醒！

那些爱你的人，那些你爱的人，已经干净彻底地，排除在了你的生活之外。只有在这个节日，和他们可以再次相逢。我想在今天，你该和他们说点什么！

坟茔里的人，不会感到孤单。无论他们在天堂还是地狱，总有你熟识的人和不熟识的人相陪。

失去父亲，你失去了靠山；失去母亲，你不再有港湾。父母离世，你就失去了家。你再无牵绊，人生从此又开始流浪！漂泊到哪儿，哪里就是家，会因此感悟孤独！

当你再也听不到，那些一天到晚扯不清的絮叨；当如何晚归，再没有一通又一通电话的催促，这清冷没让你感觉一丝丝的轻松。

那一刻开始，你感觉负担沉重。

这个节日临近，你是如此渴盼，想把积攒的话和他们唠唠。

这个节日到了。你又是如此不开心。不愿相信他们离去的真相，不愿扳指去算他们已离开的时间。你记得那分明是昨天才发生的事情。你说："这个节日，一定得去看看他们！"

每到清明，我会忍不住眼泪。说到底，还是觉得自己是个有故事的人！

如果父母健在，那你就该庆幸。

这个年纪了，还可以幸福如一个孩子。利用这个假期，多陪陪父母吧。幸福，其实并不长远。

这种幸福在倒计时。剩余的时间，真的很有限！

# 一语三叹

我住了十来天医院。

病从口入是很有些道理的。清明节回老家上坟，我没顾上和大哥在一起吃顿饭，麻溜儿地跑回来就是为了吃口榆钱儿窝窝。这人真是"越老嘴越贱"！

爱人把榆钱儿淘洗多遍，撒少许面粉，抟成窝窝状，放上蒸锅。我就急得不行，说吃榆钱儿窝窝要蘸辣椒，爱人到饭店给寻了半碗。

饭店的辣椒是碓出来的，一掀开，油红发亮。一筷了榆钱儿窝窝，在辣椒碗里翻个滚儿，直吃得鬓角流汗，头皮发麻。用国强兄的话说"越吃越辣、越辣越吃"。反正和辣椒较上劲儿了，这才叫大快朵颐。吃了两个榆钱窝窝，其实已经饱了。还是想吃，就又去拿。可站起来就感觉有点蒙。坐桌前还没吃，就觉得越来越蒙。蒙得不敢再吃，遂躺到床上。到了晚上，仍不见好转，还愈发严重了。儿子二话不说，就把我拉到了医院。

医生说："心血管病，光戒酒还不行，看来辣椒也得戒了，它们起到的刺激作用一样，没有区别。"

人生其实很短。特别到了我这个年龄，感受愈甚！

有人说："人五十岁拐弯儿，死亡率特高。"有同感！我身边的同学、同事，就走了好几个。我心脏又不好，想到这，心里就慌慌的。

　　人自出生，被剪断脐带那一刻，就身不由己在路上了。路的那一头，就是死亡。话说得不好听，人都在赶往死亡这终点的路上！

# 渴望流浪

自 1985 年参加工作以来，全国各地，我还真没少跑。从事律师工作后，更是大江南北到处跑。可能是年龄大的原因，现在回想一下，记忆里，好像哪儿也没去过！

近两年，我因为身体欠佳，多数案件已不再办理。静下心来，盘点一下行色匆匆的大半生，我想给自己一个交代，也借此作个反思或反省。

前半生，我把自己绷得太紧了。

我是个资质平庸的人，就应该过平常人的生活。血气方刚时我一度认为，自己可以改变自己的命运。本武兄曾说："自己只有 1.5 匹的排量，跑百十码挺轻松的，却硬要和 3.0 的轿车去拼提速，就没个赢。"所以，我说："'乌龟和兔子赛跑'的寓言故事，乌龟获胜的结局不会存在。在一去不复返的人生旅途，你别指望谁会停下来等等你。"生活其实是很累的！

时间是一头倔强的野驴。你攥紧缰绳，生怕掉队，但无论如何努力，你也跑不到它的前面。你一路奔跑，累得要死，有时就想："慢点走吧，看风景！"

爱人是从小和我一起长大的。朋友们老说："你们是青梅竹马。"我们拥有完全不同的性格。应该说我是理性、豁达的这么一个人；

爱人则是单纯、感性的人。

我去过很多地方，却少有到此一游的冲动。不论去哪儿，满脑子装着要办的事。爱人就替我冤屈："去过那么多地方，连一张照片也不留。"我也只能一笑置之。

母亲去世后，爱人多次表示要上班，我都没同意。为此，她还时不时要耍小性子。我说："娘连累了你十几年，孩子们现在都上大学了，你就好好地玩几年吧。当他们结婚，有了孩子，你就再也没有自由了。"因此，爱人开始享受生活，上午打个小麻将，下午做美容，晚上去跳广场舞。爱人着实轻松、潇洒了几年。

现在，小孙子彻底把她拴住了，她整天不得闲。时间长了，她也会私下和我抱怨。可小孙子一喊她"拿拿"，啥抱怨又都烟消云散！但我总归是对她有亏欠感，于是我就给她许愿："待我退休了，我带你去流浪。走到哪儿就吃到哪儿、住到哪儿，三五个月回家一趟，我们跑遍大江南北，让你玩个够！"

人是很脆弱的，如老家人说"还不如一只鸡，鸡剁了头，还扑棱扑棱"。人则会毫无征兆、莫名死去的，一如我的父亲。他刚还和母亲说着话，打开电视，点根烟躺床上，他就再也没有起来。

真想改变自己的人生态度，还是需要一场病的。2020 年的一场病，戳破了那层窗户纸，我顿时明白了人生的脆弱。

我不想和荣文兄一样，七十了，还天天上班，乐此不疲。我虽打趣他"活出了境界，能把工作当乐趣"，但心里知道，他和我一样，是把这间律师事务所当成了生命中的一部分！这是我们的事业。

去流浪的想法，慢慢地汇聚成了一种渴望。

我想开上车，拉着这个死心塌地和我过了快四十年的老姑娘去流浪。到草原，去策马驰骋，一如白衣飘飘的年龄；到沙漠，像三毛和荷西那样，淳朴地度过一段宁静的时光；到大兴安岭、小兴安岭，重温岳父在此当兵的岁月；到云贵，探访曾经的当事人，看他们现在过得怎么样；到东海，看那把同心锁，是否还在……当我描绘我们的流浪生涯，爱人嗔怪地说："咱俩永远不可能去西藏了，你想想你那不争气的心脏。"

脑子里，突然坚定了自己的设想。

如果要死，自己坚决不待在病床上，被插满各种管子而死去。如果要死，我情愿在流浪的途中，客死他乡！

# 阿 邓

阿邓，是圈里文友对诗人邓钢的昵称。说阿邓，还得从未来文学社说起。

二十世纪八十年代初，阿邓在河南省交通厅公路工程局工作。他们自己称工作的单位叫河南省交通厅二处，地址在葛庄乡的马庄村东南，紧邻黄河。二处的任务是架一座南北贯通的黄河桥，桥名"郑州黄河公路大桥"由邓小平题写。

那时，我们这地方还封闭，贫穷得很。整个原阳县的西半县没一条像样的柏油路，到处是野冈沙丘。葛庄乡由我老家所在的韩董庄公社划出，是原阳最西部的边陲小乡。单独区划的原因，大约来自黄河桥的建设。桥建好后，葛庄乡改称桥北乡，也是因为有这座桥的原因。

不清楚阿邓是什么时间到的二处，我认识他是在 1985 年左右，那时他就是个二十大几的大小伙子。高个儿，微瘦，大眼睛、细脖子、头顶浑圆，猛一看不像个好人！

那时，改革开放刚起步。人们刚吃了几顿饱饭，便有了精神追求。以国强兄为首的一群年轻人成立了未来文学社。未来文学社辐射西半县。县城的亚防、书斌兄成立了黄河诗社，二处的年轻人成立了晨翔文学社。那是个崇尚文化、崇尚文学的年代，原阳县"三社"鼎立。

不知什么机缘，三个文学社走到了一起。随后黄河诗社、晨翔文学社停办，社员以个人身份加入未来文学社。和阿邓一起加入未来文学社的有吴朝霞、张宝光、刘建华等人。

文学社每季度开一次笔会，在笔会上第一次见到阿邓，我脑子就闪现出电影里一个反派中尉的形象。

未来文学社的笔会以相互批评为主，会员们讨论作品都是一针见血，直击弊病，不会吹吹捧捧，更不会阿谀奉承。阿邓只写诗，不染指其他题材。他的一首《关于诗》写出了诗歌的真谛。我想，写诗的人怎么可能是坏人！

多数人说，读不懂阿邓的诗，不知道他写的是啥。我也写诗，写当时流行的朦胧诗。所以，我和他就有了点惺惺相惜的意思。

不可否认，阿邓在我们这一拨儿人中，诗歌成就是最高的。他四十年写诗不断，出了多部诗集。阿邓早年的数百首诗歌，被他存进电脑里，自觉安全。后来他那586的电脑就再也没有被打开过，任凭阿邓跑遍了郑州的电脑城。

黄河公路大桥1986年通的车，二处的这些朋友大多在二十世纪八十年代末搬回了郑州。虽说有了黄河桥和107国道，交通便利了，但和阿邓们交流的时间，毕竟还是少了许多。

1990年，我结婚。阿邓从郑州转了好几次车才赶到我老家，送我本精装的《全唐诗》作为贺礼。他打趣说"诗人结婚，不送诗，就俗了"，那时，我每月的工资才四十元，阿邓送的可算是"大礼"了，那本《全唐诗》定价68元！当天，阿邓喝高了，按他一贯的作风，酒后必须回家。据说，走到路上，他见车就截，趴到人家汽车的引擎盖儿上！

阿邓爱酒。二十世纪九十年代在桥北的一家烩面馆，炖了羊肉，我们准备开喝。他说昨天喝多了，把装公章和支票的包丢到某支书家了。阿邓要征的地，就是那个村的。账上有近千万的征地款。我认为这很危险，当时我就说："你幼稚！"酒后，他回过味儿来似的，说："晓欣，你咋能说我幼稚？"于是，就不依不饶，最后他说，"我可想把这羊肉给泼喽！"我们大家说："你可别呀，你不吃，我们还吃呢！"

阿邓还真有掀摊儿的时候。

那时候，郑州黄河公铁两用桥正在施工，他是项目经理，牛得很。他打电话约我们吃饭，我有事没去成。国强兄第二天对我说："阿邓昨天把酒摊儿给掀了，把我的白裤子给糟践了。"我就问："因为啥呀？"国强兄也一脸蒙说："不因为啥呀，喝着喝着，他就把桌子给掀了。人家酒店说'得赔五百块钱'，他给了人家六百。"我说："这像阿邓办的事儿！以后咱喝酒都趴桌子上吧，防止阿邓再掀桌子！"

阿邓出生于书香门第。父亲是早期中央党校毕业的马列主义研究生，母亲是省委直属学校的领导。姊妹几个都是大学生，全家就他自个儿没上大学。明亮兄说："阿邓要是个心眼活泛的人，他早就发达了。"

阿邓是个人才。他说自己是工人阶级，鬼才信哩，他是名副其实的建桥专家。国内的桥梁建设，光黄河桥他就参与建了好几座。

作为中国桥梁专家，阿邓曾到多个国家参与援外建设。记得他在尼泊尔援外时来信，向我们介绍尼泊尔："我所在的博克拉市，是尼泊尔第二大城市，它远没有中国河南原阳的县城花里胡哨！"

阿邓回国后，所写的诗就多了些国际视野，那段时间他连续在《诗刊》《中外诗星》发表诗作，诗歌《纪念日》曾获《诗刊》的大奖。

国强兄说，阿邓的诗他读不懂，除了《弯弯曲曲的小女孩》。

《弯弯曲曲的小女孩》这首诗，是阿邓写给他女儿的。阿邓给姑娘起名绿风，可孩子的爷爷、奶奶、大伯、姑姑，这群高级知识分子颇有微词，说阿邓起的名字不着调。阿邓反驳："领导中国革命的是工人阶级，知识分子是被改造的对象！孩子是我的，她就叫绿风好吧！"

阿邓对孩子的要求，只一句话："只要你开心。"快快乐乐的小女孩，像他爹一样不羁：大学考到武汉大学的体育学院，学的还是跆拳道专业。我说："阿邓呀，你一个诗人，没让孩子学中文也就罢了，咋会叫女孩子学跆拳道呀？"

阿邓说："人生呀，很短暂，只要她快乐就好！"

# 小石头

朝霞，这名字对应的是一个男性。

这哥，不但有女孩们常用的名字，还给自己起些奇怪的笔名，起个笔名"吴聊"就够"无聊"了，他又起了个笔名叫"小石头"。

二十世纪九十年代初，朝霞在我老家那块儿当"工程营营长"，有天晚上我和他在一起喝酒喝到后半夜，爱人打电话问我在干吗，我说和朝霞在一起。当天，我回家，爱人就生了场醋意十足的闲气——他这破名字惹的！

我认识朝霞比认识阿邓晚半年。

邓钢、朝霞这俩哥的名字，看着就怼冲。一个至刚，一个至柔，却能刚柔并济，捶不开砸不烂地在一起几十年。友谊这玩意儿，不可用刚柔的相生相克来解释。

朝霞爱文学，是未来文学社的中坚力量。他的作品不像他的名字似的鸳鸯蝴蝶。

前几天，原阳搞了首届"槐林诗会"。

五一，我在家里无聊，想着写写文学圈里的朋友，就突然想起朝霞的作品。

他的扛鼎之作是《戴着奖章的瞎猫》，就篇幅来说，这是小石头作品中的大石头，或者说是大、小石头之间的半拉子石头。这作品二十世纪八十年代末登在《未来》季刊上，后被选进《青春记忆》。

虽然名字像女人，笔名叫小石头，写的也是些小石头，可朝霞同志是领导。二十世纪八十年代在建郑州黄河公路大桥时，他就是河南省交通厅二处的工会主席。说他是领导，没打折扣。

小石头的作品，从来没有个正形。没见过他写高大上的东西，都是从小处着手，你也看不出他会在大处落笔。他净写些鸭子、瞎猫、泼皮无赖啥的。这些小东西，初看不咋地，再看，哎，有点意思！这么多年过去了，我把他的作品再翻开读一遍，还真有读小石头见大山的感觉！

小石头就像他老家汝州的瓷器，圆润细腻，他笔触敏感，但绝不沾染正经的人或正经的事儿。现在看来，这也是他的人生智慧了。

写诗的人往往偏感性，即便他用晦涩的语言掩饰，一句不小心，就漏了真性情！

小石头则不然，他想怎么捏巴就怎么捏巴。你看他指桑骂槐的，其实看到的也只是表象，你不明白他究竟要说什么。

朝霞的这些小石头，我每次读，都能读出不一样的滋味儿呢！

据说，在二十世纪六·七十年代，人们获取新闻，靠每家安的小喇叭，农村更多的是靠大队广播站的大喇叭。有天，大队支书照例在大喇叭里读报纸："西哈努克亲，王八日到京，外交部长姬鹏，飞到机场欢迎。"社员听的是一头雾水！不知道他念的啥，但还是觉得支书是个文化人，念啥都会念得合辙押韵。其实新闻头条是："西哈努克亲王八日到京，外交部长姬鹏飞到机场欢迎"！

# 笨人王老大

王老大，指的是书斌兄。

这称谓，既不是绰号也没有戏谑调侃的意思，甚至都拿不准是什么时候，开始喊顺口儿的，反正圈里的文友都喊他"王老大"。

书斌兄自称"笨人王老大"据他本人说："这称谓来自一部小说，主人公很笨，在家排行老大，人称'笨人王老大'。"书斌兄年龄长，也姓王，遂被冠以"王老大"称号，不过没有谁喊他"笨人"。

我与王老大相识，大概在二十世纪八十年代初。那时他二十多岁，一米八多的个儿，面相与实际年龄不符，显得老成。我和他爱人孙桂兰在一个单位工作，每到礼拜天，他都会骑辆长江 750 偏三斗摩托车往我们单位跑。因为我们都喜欢文学，就聊得比较嗨，很快就熟透了。

这老兄在东北当过兵，转业到的防疫站。他是防疫站最年轻的稽查科科长。王老大爱好广泛，琴棋书画皆能，尤喜文学，曾与亚防兄创办黄河诗社。我们相识时，他正在河南大学中文系读书，是未来文学社的副社长。我也因他而结识未来文学社。

王老大是个飞才！弄啥都会鼓捣出些名堂。一起唠嗑，他会一边和你说话，一边在纸上给你画出一只展翅欲飞的燕子、鸽子，或勾勒出憨态可掬的熊猫。

王老大醉心象棋。据国强兄说，他们一起坐新乡到开封的火车去参加河南大学的年考，国强兄在背题，王老大在背象棋古谱，王老大还与乘客下盲棋。结果考五门课，王老大有两门挂科儿。

当时我所在的单位有近两百名职工，喜欢象棋的不在少数，副主任李德忠尤善此道。老头儿虽然快退休了，但棋路刚猛，单位里少有对手。自从王老大被招到我们单位，性格倔犟的德忠主任就再也没有趾高气扬过。

那时候，冬天取暖靠煤火。各位主任房间的煤火有三米多长，水泥净面，下面砌有煤池儿。冬天夜长，吃过晚饭，睡觉前的时间，我们大多在煤火旁度过。一般是煤火的两头各坐一人，煤火下面的藤椅上坐个人，海阔天空地聊。德忠主任的房间，却是另一番热闹景象，老头儿坐煤火靠墙的一头，煤火口的上方支棋盘，另一头人们轮番上阵。

王老大来了后，就固定地坐在了煤火的另一头。刚开始还各有输赢，慢慢地德忠主任就输得多赢得少。有一天，俩人鏖战到半夜，煤火也快被烤死了，老头儿摔棋的力气都快没了。连续被吊打，输了半夜，一盘没赢，连和都不让。最后老头儿忍无可忍，掀了棋盘，把棋子撮进了煤火眼里。

第二天王老大走得很早，老头儿起得很晚。

中午在食堂，我问德忠主任："昨夜战况如何？"老头儿白了我一眼，端碗走人。后来老头儿解释说："是有棋子掉煤火里了，煤火也快死了，就把棋撮煤火里引火了，反正是要买新棋的！"话是这么说，我却再也没有看见老头儿房间下棋的热闹场景！

王老大常因投机取巧被圈内同道戏谑。

在河南大学，校友聚一起打扑克。他扬言："谁和他搭档，谁就肯定赢。"他和国强兄一班儿。他偷牌、换牌，需要国强兄配合。国强兄不谙此道，他偷底摸张连续被逮，一不小心他就把王老大给抖落了出来。

那时候喝酒，王老大光嫌我们枚赖，自己夸自己的枚好。我们和他猜枚，还真就老输。时间长了就发现，他的枚是我们老家说的"水枚"之后，再和他猜枚，只猜一枚一绰火着，他的枚也就变得稀松平常了。

王老大是篮球高手。现在他六十多了，还奔跑在球场上。

微信刚时兴那会儿，他说我"不回他的微信"，我问他微信名，他说"老男孩儿"。我说："这名字好，像你!"

有一天，他说："咱文学社也弄个群吧!"他让我当群主，我说我不会摆弄那玩意儿，你当群主。他果真把这群弄得红红火火。

我知道他喜欢摄影。二十世纪八十年代，玩相机的人少，那时的照片也多为黑白照。照相后，他会在暗室自己洗胶片。那时，文学社的笔会照片，不少出自他的手。

我当他喜欢照相就是狗熊掰棒子，热过那一阵就放下。谁知，老了老了，他被推选为摄影家协会的副主席、秘书长。今年，他在全国丰收节摄影大赛上获了奖!

前几天，我的诗歌集《法间余墨》召开研讨会，邀请王老大。他说："哈哈，你不就是让我去拍照片嘛!"我说："社长的书开研讨会，你这副社长不来合适吗?"

该吃饭的时候，他死活要走，说："要去嵩山爬野山，驴友都约好，就等我了!"

我说："哎，王老大呀，你还有多少爱好呀？匀给咱点呗!"

# 主任老赵

单位的副主任姓赵，名文化。

老赵比我大十几岁，文化不高，人精明，挺会小事。

老赵这人，哪儿都好，就是嘴快，话多，爱抬个小杠，人倒是好人！

我刚调到这单位时，班子分工，安排老赵分管财务、办公室。会议前脚散，他后脚就跑到我办公室，说："邢主任，你故意让我难看吧！"我说："咋了？"他红着脸说："我识字少，你叫我管财务，我总得签字吧。我自己的名字都写不好，自己签过的名儿，过几天我自己都认不出来了呀！"

我笑着说："赵主任，你这一身将校呢，三接头皮鞋锃亮，谁能说你没文化呀！"他脸红到了脖根儿说："我小名叫二蛋，参加工作时，才请人改的这名儿。"

单位有辆双排座小货车要年审。

那时候，审车都需要在货车的后厢上喷字。字要先写在纸上，再把纸上有字的部分用刀片抠下来，把纸贴在车后厢上喷上红油漆。齐主任是全国书协的会员，市书协的顾问，老赵和司机去审车，我交代他说："给齐主任打过电话了，你俩先去找他拿字，然后洗车、裁好字、把漆喷上。"

下午齐主任给我打电话问："恁单位那老赵是干啥哩？"我说："咋了？"他说："你让写的'宁停三分、不抢一秒'。这人来拿字了，一个劲儿吹捧我说'齐主任不愧是书法家，这字儿写得就是好——宁停三分，不抢一秋'！"

有一年我俩出差，我上火车后就睡觉。老赵不睡，他兴奋，在车厢来回溜达，跟谁都能搭上话儿，聊几句。车经安徽亳州，他拍着我喊："唉，邢主任，亳州到了，亳州到了！"我说："你要是有不认识的字，就先问一下我再说。"

回来的时候，火车途经蚌埠。他问："这是到哪儿了？"我说："蚌埠。"在那时候，不认识蚌埠这俩字的人不在少数，有人就问这是什么站？他是个热心肠，谁问他都抢答："到蹦蹦了！"

老赵后来调出了这个系统。到了行政机关，后来做了局长。

有天我到博古堂取装裱的画儿，看到一幅正在装裱的行书，署名文化。

我问老板："这书家文化，是姓赵吗？可是企业局的局长？"老板说："对呀。你看人家这字儿，写得多好！"

赵文化退休前已是省书协会员了。

# 人生，没有归路

老宋是桥北法庭的法官，也是庭长。

我和老宋同住过一条胡同，算是比较熟的了！

老宋的老家在鄢陵。父亲在原阳工作，他也就落户到这儿了。

他不是法律科班出身，原来在某局上班，后来才调到法院。

他个子不高，蛮精神，脑子好使，用功好学。那年春晚后我就开他玩笑，说他是"浓缩的精华"。

老宋爱读书。我当时见过的法官，他家里藏书最多。他书房的整整一面西墙码的全是书。那年头穷呀，我就老去顺他的书。

老宋的业务能力，可以说出色。刚共事儿那些年，他中气十足，戴副眼镜儿，文气中有时还会透出些豪气来！

后来老宋病了，那个病不太好治。他还上班，可能是压力大吧，精神就大不如前。

据说，老宋是最后生了些闷气，病情渐次严重。我去看他时，他的精气神儿就与之前判若两人了。

叶落归根，老宋最后葬在了老家鄢陵。

前几天，走过老院儿的胡同，老宋家那满墙的凌霄花一如昨天。

东阳兄是经济庭的法官，也是庭长。打篮球出身，一米八九的大个儿，不胖不瘦，长得帅气，看着就身强力壮。

一年夏天，我们到青岛出差，开法院的破普桑去的，为了给当事人减少些费用。

坐上车我就给他说："我坐车，爱打瞌睡。"他说："不碍事儿，你睡吧，只要拍醒你时，知道给我拿水就行。"

车没开到日照，空调就坏了。把窗户全摇下来，四面往车里灌热风。坐着一会儿，屁股下就溻湿了。可人家还是一气儿开到地儿，又一气开回来。

回到家后，我们仨人怼了两瓶酒。第二天见面，他说："酒后又打牌到一两点钟。"我真是服了人家的精气神儿！

可就这样一个生龙活虎的人，说没就没了！

事实上，人一出生就在走向终点。结伴而行，总是有掉队的，无非是掉队早一些还是掉队晚一些的区别而已！

人生经历一次大病，不是坏事儿。它会让你明白，谁掉队都是分分钟的事儿。

最近，我总爱关注西湖大学校长施一公的演讲，他说："越来越多的证据表明，暗物质每天以数百吨的量，穿透过我们的身体，患所有的病，都有可能。"既然我们没有能力改变什么，那还不如活得洒脱一些。

请记住公路上的一句标语：

"慢慢地走，看风景呀！"

# 怀念崇书

崇书大我十来岁的样子。

1994 年年底，我调到郭庄供销社工作，第一个和我见面的同事就是赵崇书，他当时是供销社的主管会计。

调到那个地方工作，我是始料不及的。

联社开会，会后我就被主管副主任人事科长送去赴任。我到达郭庄已是黄昏，进供销社的大院儿，就有人来开车门，满脸微笑地与每个人握手。这人就是崇书。

郭庄供销社的班子可谓老中青结合。两位副主任都五六十岁，崇书三十五六岁，出纳庆丰、统计立奇都三十岁的样子，我年龄最小。

我初来乍到，人生地不熟。

当天开全体会，就出现了郭庄街的光棍儿幸福来砸场子的局面。崇书急忙出来打圆场，连说带劝，才把幸福他们几个稳住。

在之后的一年中，单位的几个人就都熟络了。

崇书是个聪明、文静、谨慎而顾全大局的人。

在一起工作，崇书就是点火开关。我提出什么观点，他总是第一个响应，不折不扣地支持，且带头执行。

记得跑贷款那会儿，他搬两箱饮料，我说我们一人搬一箱吧，他就赶紧扭过身儿，说："可不行、可不行，你是主任，得有主任的形象！"

经营化肥，身单力薄的他，和我们一递一膀地扛！那年月我们苦在一起，笑在一起，闹在一起。我们班子里的这几个人混得像兄弟。

在郭庄工作一年后，我调回县城。每月他到联社报表，都会到我办公室坐坐。

后来，我离开了供销社这个系统。从事律师工作后，我和崇书他们几个联系就少了许多。

我们最后一次见面是在 2020 年的春夏之交。原阳县朗诵家协会，在我们律师所举办庆"五一"的诗歌朗诵会。记不清崇书是送他的孙儿还是孙女来参加彩排。他在我办公室聊了很久，还商量找个时间，约庆丰、立奇他俩聚聚。

2022 年的春天，赵娟突然打电话来，我才知道崇书兄去世了，是因为心梗！

在他出殡的前一天，我约庆丰、立奇去送他。路上我们说："去了一定要在那儿帮忙，招呼招呼客人，多待会儿再走。"

当看到他的遗像，往事一股脑儿涌向眼底，我的泪水马上就溢出了眼眶。我是一会儿也不敢多待，只得匆匆作别。回去的路上，我们仁一路都没有说话。

唉！天下没有不散的筵席，崇书兄，一路好走！

# 又是瓜果飘香季

黄河中下游的原阳县，每到麦收前后，瓜果就先后见熟。

小麦的麦芒稍黄，杏就迫不及待地随之变黄。可能是一夜的工夫，青白的杏，就晕染上了红黄。我们称之"麦黄杏"。这杏，一般长不大，结得稠，像蒜瓣儿一样，沉甸甸的，会压弯枝条。杏看上去还毛茸茸的，用俩手指一捏，就露出了核来。吃嘴里，酸甜酸甜的。

杏熟时节，时序忙夏。吃杯茶一叫，老人就会喊醒贪睡的年轻人。当孩子们还在洗漱的当儿，老人已磨好了镰刀，架子车上绑好了羊角。割麦、运麦、摊麦、匀麦、碾麦、扬场，麦收到家的从容和匆忙，全看老天爷的脸色！

从麦黄梢，到麦割罢。不同品种的杏，会渐次成熟。晚熟的杏，往往长得个儿大，从青硬到鹅白，再到红黄，成熟的过程会更长些。最晚的杏，就不是简单的黄，大多都会有一抹红。这时的杏几乎失去了酸的成分，面甜面甜的。

杏还没有摘净，毛桃已开始上市，之后是樱桃、菜瓜、酥瓜、甜瓜、西瓜……各种水果赶趟儿似的，渐次登场。

记得二十世纪八十年代初，开始施行土地包产到户，生产队的骡马牛、锄头都分到了各家各户。各队的果园也分棵到户了，我们家分了四棵柿子树。

果树分包到户，再也没有谁家孩子淘气得像我小时候那样，翻墙去偷却丝毫不受谴责。每家分的或三棵或五棵果树，卸完果之前都有人看着。每到暑假，我的任务就是看我们家的四棵柿子树。看柿子的花帽掉下来，看柿子由小到大，看柿子由青而泛黄，我要每天躺在树下的小床上，看果树让我感到无聊至极！我甚至想，为什么要看着这些树，这东西就是长黄了，摘下来，咬一口，嘴里依旧要涩半天，没人会偷的呀！

柿子树长得高大，有数十年的树龄，有我的双臂一抱粗！棕黑的树皮上还会流出一种树胶，我们称"皮皮胶"。看果树的乐趣在于，看着偶尔熟透的果，它长在最高处，你就是够不下来。我们称之为"柿烘儿"或"老鸹叼"。当时我就想：为什么最先成熟的果子就没有全活的，大多是鸟虫侵蚀，最后掉下来，掉得一片灿烂。我仔细研究过，掉到地上的柿子，这核黄润透亮的，像玛瑙！

熬到卸柿子的时节，我就解放了。虽然柿子上部黄下部青，大人就说熟了，可卸下的柿子还是涩的。柿子变熟的途径不同，熟出来的结果也不同：烘出来的柿子是软的，适宜老人吃，俗话说"老人吃柿子，专挑软的捏"。

卖柿子，卖的多是硬柿子，捎带少量烘的软柿子，也就是图个好看，卖不了啥钱。去卖柿子的总是大哥，因为拉一架子车柿子到新乡去卖，来回一百多里地，除了大哥，家里谁都吃不了这苦。

头天晚上，母亲就把柿子装好，为大哥烙些饼，装一葫芦水，柿子上搭好了棉被。大哥在鸡叫头遍就上路了，说天凉快，好赶路！

二十世纪九十年代中期，我在郭庄供销社工作过一年。那时那里贫穷，人却极厚道。我在那里结识了不少朋友。郭庄这地方产杏，薛庄的杏最好，相传曾经是贡品。最顶级的杏叫"关公脸儿"，黄上泛红，个大核小，甜甜的，不透一丝的酸！

自我离开郭庄后，每到瓜果季。先是 BB 机，后来是手机上，就会收到朋友发的信息："杏熟了，明天去给你送！"

辑三

闲侃杂聊

# 莫若行善

今天是正月十六，按民俗这是"悠百病"的日子。

我今天接受了原阳县斑马救援队的聘请，为这个由志愿者组成的救援队提供公益法律服务。

虽然聘请仪式简捷而短促，但每一份发言都是真诚的，每件事都是向善的。事实上，他们的义举感染了我，我真心想为他们做点什么。

说到义举和行善，我自然地想起了京剧《锁麟囊》。

可能是年龄的原因，本不太喜欢的京剧，如今逐渐成为我的最爱。

《锁麟囊》是一出善因善果的剧。

该剧讲述了清代登州善良的富家小姐薛湘灵，在出嫁时母亲特赠一装满珠宝的锁麟囊，寓意"锁住儿"，祈愿女儿早生贵子，母子平安。送亲途中，在春秋亭避雨，偶遇贫寒女子赵守贞，薛湘灵以悲悯之心，将母亲陪嫁的锁麟囊赠与赵守贞，却拒留姓名。后薛湘灵家因水灾落难，流落到富户卢员外家当保姆。一日，薛湘灵陪卢员外的小儿子在花园嬉戏，球儿被抛进小楼，为寻球，薛湘灵发现卢家供奉的是当年自己赠出的锁麟囊，原来卢家主母正是当年的贫寒女子赵守贞。赵守贞得知后待其为上宾，并结为姐妹。薛湘灵家人在水患后均得以生还。

京剧这门古老的艺术，生生不息。好的流派，向来都不乏新人。果然程派就出了个张火丁！张火丁堪称是程派艺术最具代表性的艺术家，也是程派艺术的跨世纪人才。张火丁嗓音浑厚、不漂浮、有力度、有韵致，唱腔稳、耐听。表演功夫更是扎实、严谨、规范，绝不哗众取宠。她身材高挑，扮相俊美，做派稳重、大方，人物刻画生动、丰满，把一个富家小姐的娇嗔、悲悯、善良，以及富贵人家从富贵到落魄的起承转合，表现得淋漓尽致。

我一旦喜欢，就不能自拔，车里家里存储的都是她的 CD。《锁麟囊》最让我感动的还是这善因善果的剧情。

说到行善，就想到了我家门口的宏达集团。

应该说我对宏达集团以及集团的两个领头人——光强兄和光修兄还是了解的。

这个企业自成立以来，就以社会责任为己任。企业刚创办那会儿，他们就招录残疾人就业、招收贫困村民就业。企业由小到大，不变的是他们对社会的回报，对穷困人群的悲悯！

去年 7 月 20 日的暴雨洪灾，宏达集团所属的云松国际酒店接纳了四五百名卫辉市的灾民，包吃包住一个多月，他们以慈爱之心对世人！

这样的企业，该有善因善果的福报；这些行善的人，会为子孙种下厚厚的福根！

以善为邻，心亦向善。有这样的好人作榜样，任谁都会种下善心！

# 杂说失空斩

　　《失空斩》是三国戏，是《失街亭》《空城计》《斩马谡》的合称，是"四大须生"之一——马连良先生的代表剧目。

　　《失空斩》作为老剧目，单看名字就清楚了剧情。

　　在京剧舞台上，表演《失空斩》的好演员很多，有许多演员堪称表演艺术家，但我喜欢王佩瑜的表演。

　　王佩瑜是当代科班出身的唯一女须生，追随者呼其为"小冬皇"。我不敢评论其与孟小冬艺术的高下，能说的是，她们俩人都是舞台上不多见的女须生。当年孟小冬在唱功上继承光大了余叔岩的技艺，境界高远。王佩瑜的功力，能与孟小冬相提并论，可见当下的戏剧演员已经超越了"艺术"（旧时称"玩意儿"）的范畴，而到了"星"的阶段。这也是当下媒体捧人不倦的主要原因！

　　王佩瑜以唱腔高亢、嗓音浑厚、表演规矩、有传承见长。当其摘下髯口，除却了"羽扇纶巾"，释放出时尚短发，的确可以征服七尺男儿！

　　艺术再现，是对表演客体生命的检验和再造。

　　《失空斩》的主角是诸葛亮，这是个家喻户晓妇孺皆知的人物。

　　对历史人物功过的争论，似乎就没有停止过。但对诸葛亮的非议就少得多。他以文人的形象出现，以政治家的谋略，纵横捭阖；

以忠诚勤勉，被后世敬仰。这都赖于戏剧及各种艺术对这一形象的塑造。要论诸葛先生的名声，首先得感谢这些艺术家！

诸葛先生不是文人，虽然他有前后《出师表》《隆中对》。诸葛先生自己也不认同自己是个文人。《三国演义》在舌战群儒时，诸葛先生对文人进行了总结性批判"青春作赋、皓首穷经，坐以论道，口若悬河，下笔千言，而胸无一策"，极尽贬诘挖苦之辞。其实他如王朔一样说"孙子才是文人"，谁是文人就该"板砖伺候"了！

《孙子兵法》云："兵者，诡道也！"诸葛先生，把兵法运用到了极致。但诡道非正道，权谋嬗变，其实连道也称不上，只能称为术。善权者可以穷兵黩武，而不可为政。这就是蜀国据险而灭的原因，也是诸葛先生功败垂成的悲凉之处。

工作生活中，也有人喜欢耍计谋，坑套路。玩得多了，玩过了，就"玩现了"。正所谓"潮水退去，才发现谁在裸游"！

为人还是真诚些好。

老家有一句谚语"瓦片扔得再高，总有落地的时候"，对此说，我深信不疑！

# 戏说立品

豫剧，又称河南梆子。名字虽叫豫剧，事实上它的观众遍布河南周边省份，如山东、山西、河北、安徽，也唱响了内蒙、新疆等地。

从清末的搭班唱戏，到民国的流派班社，再到新中国的剧社剧团，河南梆子华丽转身为豫剧。它逐渐从散乱小的剧种和人贱自轻的艺人，发展成为影响广泛的大剧种，不少角儿成了人民艺术家。在同时期的艺术家中，我认为艺术性最高的，当属阎立品了。

从地域上说，我和阎立品还扯得上老乡，封丘与原阳相邻嘛。

阎立品原名阎桂荣，出生于封丘县蔡寨村（现名仝蔡寨村）。父亲阎彩云是豫剧祥符调著名男旦艺人，在封丘县清河集的天兴班学戏。阎彩云成名后，就有了外遇。自此，他再也没有尽到做父亲的责任。小桂荣的母亲李青枝无奈，投奔了开封永安义成班，让小桂荣学戏，拜著名豫剧艺人杨金玉、马双枝为师。那年，小桂荣十岁。

梨园行有句行话："戏是苦虫，非打不成。"在师父的教鞭下，小桂荣凭借天赋与刻苦努力，十一岁登台，以其嗓音清脆、扮相清俊、演技精湛，赢得了"小闺女"的雅号。遂有了"宁可少吃一顿饭，少穿一件衣，也要看小闺女"的顺口溜儿。

阎桂荣成名后，改名阎立品。她为自己立了规矩：不唱堂会，不唱粉戏，洁身自爱。在旧社会，她不媚俗，不曲意奉承，把所有精力都投入到了表演上。她不断提高对自己的要求，不断向其他艺人学习，表演技艺日臻完美。

1937年，抗日战争爆发。正值艺术青春期的阎立品，面对国难，坚守民族气节，拒绝为日寇和汉奸演戏。悲愤之下，竟将一头青丝尽数剃去，隐居农村，不再登台。阎立品出淤泥而不染的高洁人品和艺德，赢得了人民群众的交口称赞。

抗战胜利后，阎立品才复出登台。她把全部精力都放在了豫剧表演事业上。青衣、花旦、彩旦、小生、老旦等行当，她无所不能。

中华人民共和国成立后，阎立品进入商丘人民豫剧团。梅兰芳先生赞她"音色美、唱腔纯，扮相秀。细腻传神的表演，靓丽而含蓄，是地方戏中少有的闺门旦"。1954年年初，梅兰芳正式收阎立品为徒，开梅先生收地方戏演员为徒的先河。之后，阎立品潜心研究梅派的表演神韵，主攻闺门旦表演艺术，突出俊秀细致、端庄贤淑的作派和风格，兼收并蓄其他剧种的表演特色，逐渐形成自己细腻、含蓄，注重神韵的表演风格，在豫剧界独树一帜，自成一派。

《秦雪梅》这出家喻户晓、久演不衰的经典戏，是阎立品自己写剧本，自己设计唱腔，自己导演，自己主演的代表剧目。剧中那篇如泣如诉、催人泪下、感人至深的祭文，也是她自己亲笔写就。该剧标志着阎立品拥有了自己的艺术风格，展现了她全新探索和大胆尝试的一面。

如果说《秦雪梅》是阎立品对自己艺术道路探索的开始，那么由她主演的《藏舟》《游龟山》《碧玉簪》等剧目的上演，就是她几十年如一日，对艺术一丝不苟，精益求精的必然结果。

当历尽磨难的阎立品已是花甲之年，她开始把精力放在收徒传艺上。她对弟子们大胆提出："艺术上能超师，方是继承人。"她组建"河南省立品剧社"，对弟子言传身教。

阎立品先生给自己的戏约法三章："粉戏"不演，脏词不唱，伤风败俗的动作不做。她以"立业需先立身，立身必先立品"勉励自己，并以立品之名享誉全国。

1996 年 8 月，阎立品先生走完了自己曲折的一生，离开了她挚爱的舞台，离开了热爱她的观众。她用一生赢得了中国戏曲界"永远的少女"和"永不凋谢的闺秀之花"的美誉。

阎立品先生一生未婚。她不畏权势，不向邪恶势力低头。在艺术上她严于律己，不随波逐流，不为一时"红"而牺牲自己的气节。由她创立的豫剧阎派闺门旦表演艺术，以及她毕生为之践行的艺德和人品永驻人间！

从艺人、演员、到艺术家，在豫剧这个名角儿荟萃的大家庭里，阎立品不是唯一的。她立德立品，独立创作，自觉自省，自我净化，终生纯洁的品格却无人能及。

# 崔健如昨

2022 年 4 月 15 日晚 20 时，崔健首场线上演出《继续撒点野》，开唱。

《留守者》《从头再来》《时间的 B 面》《笼中鸟》《迷失的季节》《光冻》《外面的妞》，经典重现，新作来袭！

崔健是我们那一拨儿人的偶像。这些书写社会时代变迁的经典曲目，用一场无现场观众的演唱会，成功引爆了一代人的情绪。

一身黑色装束，标志性的五角星帽子，依然斜挎的吉他——六十岁的崔健，他的音乐，依然坚挺。

《从头再来》音乐响起，多少人热泪盈眶。"老子根本没变！"崔健的话充满了摇滚的激情和力量。

摇滚不死，希望永恒。他说："音乐不遥远，它就在你的身体里，非常简单。得劲就对了，这就是摇滚"。

最初听崔健时，我二十郎当岁儿，整天抱个破吉他，破喉咙哑嗓地吼《一无所有》。

听崔健，你永远想变得年轻。摇滚是荷尔蒙。

# 戏说姓名

邢姓在百家姓中可谓小姓氏了，但在我们村，邢氏是数得上的大家族，全村两千口人，邢氏占一半多。

2008年，我在山西省临汾市办一个刑事案件，刻意到洪洞县明洪武迁民遗址考证。我们这一支邢氏不是从洪洞县大槐树底下迁来河南的。据家谱载：我们这一支是坐地户，和原阳县的磁固堤、西圈、口里的邢氏是一脉，与本县散居在邢庄、邢堂、马庄、奶奶庙的邢氏，则无法考证是否存在近支血脉关系。

邢姓的人起名字没有太多禁忌。遂有"说你邢你就邢不邢也邢，说不邢就不邢邢也不邢，横批：不服不邢"的玩笑话。我大儿子叫邢动，小儿子叫邢路，你看这名字起得多简单！

到了给孙子起名字，不知咋的，我就谨慎得很！不是觉得这儿不合适，就是那儿犯忌讳，反倒连个名字也不会起了。

无奈，我只好去找中文兄合计怎么给孙子起名。中文兄不但名曰中文，还是郑州大学中文系的高才生。向老兄汇报了孙子的生辰八字，他便演算开来，说"邢"同"刑"，五行属金，据小孙子的生辰，命中喜火喜土，可在火多配土的字中提炼名字。嘿，别说，他讲得还真头头是道。

老家人给孩子起名字就比我给小孙子起的名字生动。

村里有讲究的，给老大起名字时，就考虑了老二、老三、老四。如老孟家就从低向高起名字，孩子从大到小排曰："盘根儿、树身儿、扑棱"，颇有学问。

有的为了孩子好活，就往贱处起名字，如："大狗、二狗、狗吠、狗剩"，这些较为普遍。我有一朋友叫"狗惊"，就显得狼性了些。

我的乡亲，街坊辈该喊叔的，他们父母给他弟兄几个起名："茅缸、茅勺、粪叉、箩头。"

也有街坊邻里，平日关系不睦，就在给孩子起名字上下功夫。轻则专门起重名，称"小压大"。重则睚眦必报，拿孩子的名字出气。譬如：甲生孩子起名"小麦"，意思为多子兴旺，乙生孩子就起名"羊妞"，羊啃小麦呀；甲再生孩子叫"羊圈"，羊圈就把羊圈住了呀，乙再生孩子就叫"圈屁"，是说你啥也圈不住；还有说，乙再生孩子叫"有信（毒药）"的。这我确实没见到，但上面说"圈屁"，倒是真的。

名字分乳名和学名。乳名又称小名，学名则称大号。乳名不带姓氏，可随便些，大号、学名带上姓氏，则大有讲究。这姓与名不和，则会闹出笑话。譬如姓余的不能叫"进国"，"鱼进锅"就交代了。我一朋友姓王，叫"年根儿"，挺好。但姓朱的年根儿出生，就不能叫"年根儿"，"猪，到了年根儿，就只有挨宰的分儿了"。贾姓、吴姓不宜叫"有财"，叫出来都是反的。凡此种种，皆有讲究。有一人姓高，生下儿子取名高兴，自觉挺喜庆。儿子上学后，回来死活要改名字，说同学什么事儿"嗨翻"后，都说"高兴死了"。

也有姓与名搭配极好的，如豫剧表演艺术家牛得草、阎立品。

国强兄姓金，亲家翁姓银，他姑娘就给大儿子起名银行，小儿子起名金库，听起来甚是霸气。

由起名儿，想到外号。我一同学外号"大公鸡"，几个同学去找他，还没进他单位的办公楼，他们就扯着脖子喊开了"大公鸡、大公鸡",这同学从办公室赶紧跑出来,上去捂住嘴,说"可不敢这样叫,单位还没人知道我有这外号哩"。

姓是不能改的,名字却可以随便。其实,名字就是个记号,就好比山川河流,不起名字它是山是水;起了名字,他还是那水那山,它不因为名字而改变属性。

人,亦然!

# 杂话人品

人品这东西，看不着摸不着，却如黑夜包围着火光，无时无刻不存在。

林肯曾说:"品格如同树木，名声如同树荫。"一个人的人品，终究是人之"根本"。你有好的人品，别人就会接纳你，愿意与你打交道，给你相应的信任。如果在你存在的社会圈儿，弄丢了好"名声"，总做一些"特别聪明、机巧之事儿"，那么，你的人品就会成为你人生发展的阻碍。

人生在世，总免不了会冒傻气。如果一个人一辈子都没有冒过傻气，太底儿清。这人也挺可怕的!

据说东汉刘宽，性情仁厚宽恕，纵使事情仓促紧迫，也从未疾言厉色。

有人遗失了一头牛，认为刘宽所骑的那头牛就是他走失的。刘宽没说半个不字，从牛背下来，步行回家了。不久，对方找到遗失的牛，将错认的那头牛送还刘宽，并向刘宽谢罪。刘宽说:"很多事物非常类似，难免会辨认错误。还要麻烦您送回来，怎么反而谢起我来了呢?"

有一天，他穿好衣裳要去早朝，婢女端来一碗肉羹，不小心弄脏了他的朝服。他的态度十分从容平静，连脸色也没有改变。他缓缓地说:"羹,烫到你的手了吗?"后来他当上侍中的官职,皇上封他逯乡侯。

以宽恕待人,而使人惭愧,让人感到无地自容,其实,这并不算宽厚。刘宽的一举一动,处处替人着想,帮人开解困窘的局面,做得非常自然,完全没有让人感觉到尴尬。这才是真聪明、大智慧。这道理,很容易被人接受,但人们总喜欢抖机灵,耍小聪明。

王安石与苏东坡同为唐宋八大家。据说苏东坡在种茶、烹茶上造诣极深,而王安石在鉴水、品茗上略胜一筹。

王安石为相,想考验苏轼。就派手下对苏东坡说,烦请你回老家,路过三峡时,捎带一罐三峡中峡之水。苏东坡返回汴梁途中,小船在三峡中穿行。看到如此景色,苏学士顿时来了灵感,越琢磨越投入。待他缓过神来,船已驶出了三峡。为应付差事,苏东坡就在江边找一个干净的地方,取了一囊水,带着水囊回了汴梁。

王安石煮茶,品了第一口,眉头微凝。便问苏学士:"此水取自何处?"答:"瞿塘峡。"

王安石又问:"可是中峡?"苏东坡虽然心虚,但还答道:"正是中峡。"王安石摇头道:"非也,非也!此乃下峡之水。"

苏东坡听到这话吓了一跳,以为王安石监视自己。大惊道:"三峡之水上下相连,先生何以辨之,何以知此水为下峡之水?"王安石说:"三峡水性甘纯活泼,泡茶皆佳,唯上峡失之轻浮,下峡失之凝浊,只有中峡水中正轻灵,泡茶最佳。"苏东坡这才如醍醐灌顶,幡然醒悟。听了王安石的话,苏东坡既惭愧,又折服,连声谢罪致歉,老老实实说明了情况,当时看到景色甚美,光顾写诗了,忘了取这个水了,下次一定去取。

看着苏东坡这种油滑的态度,王安石站起身来说:"苏学士,这水太差,配不起这个茶。这茶咱们就不喝了,我给你留着,下次有好水咱们再喝。你舟车劳顿,就回去休息吧。"

望着苏东坡远去的背影,王安石拿出了提拔预选人员名单。大笔一挥,就把苏东坡的名字直接给抹掉了。且在后边标注一行小字:

"此人有才，但不可重用。"就这样，苏东坡错过了人生中最重要的一次机会。

胡适说："很多时候，历史就是一个供人打扮的小姑娘。"上边的两则故事，不一定真实发生过，但作为故事，都可以折射出人生的一个道理。

宽厚诚实是人品的试金石。人生没有第二遭，待人以宽，待人以诚，不耍手段的人，肯定也不是什么傻蛋！

哈哈！这也算给老实人一个开脱的理由吧。

# 亚洲蹲

二十世纪八十年代始，农民基本可以自给自足了，人人可以吃饱饭，这是盘古开天以来破天荒的事。虽不能说吃得多么好，但再没有听说哪家饿着人了。

印象中，老家人吃饭喜欢蹲到路沿的短墙、树疙瘩、磨盘上，左手端碗，右手掌筷，或汤面，或捞面，或窝头面酱，或糊糊咸菜，吃得呼呼响。淳朴的乡亲们在吃饱肚子后，就有了闲情逸致，在饭间评古论今。边说边吃，好不热闹。

平叔是饭场里的主角。他文化不高，却极聪明，在村里做裁缝，开了间成衣铺，给人裁剪衣服。偶尔也赶个集，到集会上施展手艺。在那时，他那生意也算收入颇丰的了。平叔却有个小毛病，喜欢露个富，好像看到大家都眼馋，是他最高兴的事儿。

这天早饭，七八十来个人，蹲在饭场，像约好时间似的，各吃各的饭，不时打一打嘴仗。平叔端着碗，晃晃悠悠地走过来。看到大家，边打招呼边在路沿的短墙上蹲下来，拿筷子在碗里搅了一下，骂道："这娘儿们，明知道我不爱吃鸡蛋，又给卧了两个。你们几个，谁不嫌腥，挑走吃！"大家都知道，平叔这是在显摆，是虚让，就没人搭他的腔。平叔四下看看没人搭理，便说，"都不吃？都不吃，那还得我吃！"他用筷子在糊糊碗里拨弄俩鸡蛋，准备委屈地消灭它们时，挨边蹲着的群叔，俩筷子扎住他碗里的俩鸡蛋，直接吃了。蹲着的平叔，忽然站起来回了家。自此，平叔在村里留下让虚儿的话把儿——"平叔的鸡蛋，只让一次"。

现在，生活条件越来越好了，再也不见了蹲着吃饭的乡亲。

前几天蹲在地上，逗小孙子玩儿，可能是蹲得时间长，起得猛的缘故，我眼前一黑，差点摔翻，害得孩子们好一阵着慌。我这才想起来，我很久没蹲了。蹲这项能力，在我身上已有所减退。

# 杏林世家

今天是中秋假期的最后一天，照例，我要去迎光的中医推拿诊所按颈椎。

第一次接触中医推拿是在三年前。那时迎光刚从新乡市中医院辞职，来到原阳这小县城开诊所。当时我总是心慌，迎光说是寰枢关节半脱位、胸间小关节紊乱，按几次就舒服了。这一按就是一年，感觉挺好。

这次过来，我发现迎光的诊所多了一个小徒弟，那是迎光刚从中医学院毕业的弟弟。这弟兄俩的按摩技术都挺好。

阿邓，阳刚十足。我印象中他就没有害过病。今天他发了个视频，名曰：《医院》（一等好片）。

视频说的是中、西医区别，即"中医让你稀里糊涂地活，西医让你明明白白地死"。总之，这个视频大体还是在弘扬中医药文化。

在原阳，有一则关于中医的故事流传甚广。

说原阳县城（老阳武县城），有个杏林世家。医术祖传，悬壶济世，在当地颇有些威望。周先生自小师从自己的爷爷和父亲习医，声名远播，后来成为一代名医。俗语有"龙生龙凤生凤，老鼠生来会打洞"之说，可周老先生却有个不学无术的小子。

小周打小一看药典就头疼。周先生就这么个独子儿，拿他也没啥好办法。

有一天，老周被病家的马车接走出诊，小周看家。忽然马车銮铃在周家药铺门口急响，几个人急匆匆从马车上抬了一个孕妇进来，病人是难产。病家看老周先生不在家，就求小周医治。他倒不客气，遂叫下人拿来铜锣，围着产妇就是一通敲。说来也怪，这孕妇还真就生下个大胖小子来。

老周先生回来时，药铺门前正锣鼓喧天。原来是产妇家属来送匾，老周进药铺就看正堂上多了块写着"杏林世家"的烫金匾额。老周先生心想："这小子啥时懂的医呀？还看产科？"遂把小周叫过来盘问："你用什么医理给产妇治的病呀？"小周得意地说："爹，这病没啥难医的。你想，哪个小孩不爱热闹、不爱看耍猴？我一通锣，没费多大劲儿，就把那孩子给逛出来了。"老周一听，就赶紧叫人把产妇家挂的匾摘下来，破劈柴烧了火。从此，禁止小周给人看病。

又一天，老周先生出诊，小周看家，隔壁村的老刘跑肚拉稀，提着裤子跑到药铺。小周这次不敢再给人家看了，就让老刘等老周回来，话还没说完，老刘就拉了裤子。老刘实在等不得，就央求小周给治治。小周也是个热心肠，就说："老刘叔，俺爹不让我给人家胡看病，我给你说个偏方，你回去试试吧。"哎，瞎猫碰到死耗子，老刘的病，还真就叫他给治好了。老刘提两封点心来感谢，恰巧老周先生回来，老刘夸小周，说些"虎父无犬子"之类的话。老周先生想，这孩子是不是真有医者的天赋呀？遂问："老刘拉肚，为啥叫吃玉米芯灰呀？"小周看他爹不明白，就解释说："爹，这香油瓶嘴儿，玉米芯都能塞得安安实实，连香气儿都跑不出来一点。这玉米芯，还堵不住他那个屁眼儿吗？"

老周几天舟车劳顿，回来又被这熊孩子弄得悲喜交加，当天就病了，浑身发冷打冷战，解不下大小便。老周自己给自己开的药，吃了也不管用。

小周就去撺掇他妈说："你让俺爹拉半车坯，去送到堤南俺姥家，俺爸的病一准好。"小周他妈也是有病乱投医，想孩子再傻，也不会坑害他爹吧！就去给老周先生说了。老周惧内，不得不拉着架子车去堤南送土坯。老周先生还在病中，拉半车土坯上黄河大堤着实吃力，当大汗淋漓地把土坯送到老丈人家，哎，也能大小便，也知道饿了。吃完饭，在回县城的路上，老周先生觉得脚底有跟，走路轻松了。嘿，这病就好了。

小周他妈就和老周说："这孩子命中就应该是神医，你的医术有传人了。"随后给老周说了，去堤南送土坯是儿子的主意。这老周也宁愿信其有哇，就叫来小周问："啥医理？"小周一脸的不在乎，说："爹，你不想想，那大骡子大马拉车土坯，过大宾黄河大堤，都累得连屙带尿哩。您老拉半车坯，我就不信，您还屙不出屎尿来！"

这可把老周先生气坏了，他脱鞋向小周扔去。之后，老周杜绝小周再给人看病。

我们村肖家的老爷子肖自才，是村里为数不多的文化人，懂中医。他的医术，惠及乡里，且只出方，不卖药不收诊金。因而，他肖家在我们村能立足扎根。二哥是自才爷的徒弟，他送给二哥一小木箱竖版线装书，二哥让我背《汤头歌诀》，我根本断不下句来，后来就对那些书失去了兴趣。

医术，需要有好的传承者。

# 醉卧三亚湾

在我小时候，海南就是贫穷和落后的代名词。我遥遥地感到，那是一方荒蛮之地。

这印象，来源于老家坊间的流传，海南花子乞讨要饭之场景：问哪儿来的，答海南岛；问为啥要饭嘞，答吃不饱；问手里拿的啥呀，答破棉袄；问你咋不穿上嘞，答怕虱儿咬；问咋不逮逮嘞，答眼太小；问你咋不笨死嘞，答身体好。

我最初了解海南三亚，缘于一桩婚事。

燕子姐是老家对门继宽叔家的姑娘。

燕子姐是姊妹四个中的老大，以下分别叫海燕、海旺、彩霞。继宽叔虽生在黄河边，在原阳八中教书一辈子，可你瞧他给孩子起的名字，冥冥中就与大海有扯不断的关联！

可能是燕子姐排行老大的缘故，继宽叔特别看重她的学业。大约是二十世纪八十年代初，燕子姐参加高考，考试、复读，复读、考试，屡试不中。到最后，继宽叔也就死了坚持供她上大学的心。

高考落榜，按照乡里规矩，就到了"一家女，百家求"的年纪。可燕子姐看介绍的对象，哪个都不顺眼。挑来挑去，就挑过了年龄。好在最后中意了一个当兵的。这对象在海南服役，是个排长，老家也是本地人。后来，燕子姐就随军去了海南。继宽叔固执地认为："燕子这闺女，嫁到海南，注定是要受苦的!"

一晃到了二十一世纪。南方的温暖，完胜了北方的酷寒。有了闲钱的人们如候鸟般向海南迁徙。这块囚徒流放之地，迎来了一波又一波的北方人。

"到三亚过冬"，成了北方人的时髦。继宽叔早已退休，在这种思潮的裹挟下，每到秋末，就直飞三亚。临走还会把海南气候的好儿再和邻居唠叨一遍。自此，每年大年初一我去他家给他拜年，大多是"铁将军把门"。

后来知道，燕子姐的爱人在驻海南的部队转业，由正团职退伍到了三亚，在当地行政机关工作。燕子姐还把刚毕业的小妹彩霞也做主嫁给了军人。

继宽叔的俩小棉袄都嫁到了海南三亚，海燕、海旺俩儿子却撺在黄河边，硬是没挪窝。可见，靠取名字谋前程，真是"没个准头"。

2020年年初，因为在海南省五指山市人民法院，有一案件要开庭，我接到开庭通知，当时就决定到海南后去看看继宽叔燕子姐。

在五指山法院忙完工作的当晚，我入住三亚胜意大酒店。当事人是在建行工作的，遂找了几个建行退休的北方候鸟老人陪我喝酒。酒桌上好汉架不住人多，推杯换盏间，我大醉。

走出热闹的雅间，头胀脑热，遂决定去海边漫步，醒醒酒。

在宾馆门口搭上车，我说："上三亚湾。"师傅说："这儿就是三亚湾。"我说："我要到海滩去。"师傅说："你现在下车，向前走，不远就到。"我说："你这师傅欺生呀，歧视北方人，歧视醉酒人!"师傅说"我是哈尔滨人。"无奈，听他的话，我就走着去。不一会儿，我还真就到了海月广场。

据说，这"海月"二字取自唐人张九龄的《望月怀远》，有"海上生明月，天涯共此时"的意思。我想这广场的"海月"，大约也指广场背依浮山，面向大海的环形地理位置吧。

我晃晃悠悠走得一身燥热，到了广场，海风飒飒，汗湿尽消。

眼前唱戏的、扭秧歌的、跳广场舞的、拍照的、直播的，闹哄哄的，好像进入了北方的街头公园，使你清静不得，甚至吵闹得有些头晕。

在这里，你不用担心语言交流障碍，因为来这里的大多不是本地人。

我买了瓶水，携一身酒气躺到草坪上。海风混合些微咸的气息拂过，不免让人困顿，难撑睡意。

蒙眬中，有人说："这人躺草地上睡，也不怕长虫。"我一激灵，登时酒醒。虽然我知道这热闹的广场不会有蛇，但我还是要谢谢这俩老人。不用对话，把蛇叫成"长虫"，还有那久违的乡音让我肯定他们是河南老乡。

本来是计划要去看燕子姐的，可当事人已帮我订了第二天的机票，遂作罢。

空中看三亚湾，那轮廓，还真有些像海水洗过的一弯新月。

辑四

法窗夕语

# 律师溯源

要问律师是干什么的？恐怕大多数人都会脱口而出："替人打官司的呗！"

这答案不能算错，却并不全面。如果律师这概念和替人打官司画了等号，那律师就与《九品芝麻官》中的讼师没什么两样了。

当代律师，是社会主义的法律工作者，是法治中国的重要组成部分。

律师代理诉讼，为犯罪嫌疑人辩护，也就是打官司，只是其职能的一部分。律师的作用还在于防止诉讼的产生，及时化解风险。就像消防员，其首要任务是排查隐患，防止火灾发生，而绝非仅仅是灭火这么简单。从我们国家法治治理的角度看，律师的一大功能是防患于未然、未雨绸缪，而绝不是简单的"替人打官司"。

律师一词在中国历史上的出现，就其含义而言，与当代律师职业毫无关联。西汉时期，佛教传入中国，律师是对通晓"三藏经"僧人的特定称呼。到了唐代，大凡僧道有成者，皆称律师。此外，道工也可被称为律师。直到晚清，律师才摘去了宗教用语的帽子，开始与法律有了现实的关联。

1910年，清政府颁布《法院编制法》，以法律的形式确定了律师存在的合法性。可还没等到实施，清廷即告终结。

辛亥革命推翻了清王朝。中华民国历经了南京临时政府、北洋政府、南京国民政府等多个政府。北洋政府在 1912 年 9 月 16 日，颁布了第一个关于律师制度的单行法规《律师暂行章程》。1922 年上海成立律师公会，其时从业律师有近三千人。

1941 年，南京国民政府颁布《律师法》，它完善了原有的律师制度，律师业也有了较大的发展，出现了一些具有社会影响力的著名律师，如我们熟知的章士钊、施洋等大律师。

中华人民共和国成立后，《中国人民政治协商会议共同纲领》第十七条，彻底废除了旧的司法制度，当然也包括民国的《律师法》。

1950 年，中央人民政府司法部草拟了《京、津、沪三市辩护人制度试行办法（草案）》，同时发出《关于取缔黑律师及讼棍事件的通报》，律师基本上被取缔。

1956 年 3 月，司法部召开第一次全国律师工作座谈会，到 1957 年，在全国建立法律顾问处八百多处，从业专、兼职律师约两千八百人。

1957 年到 1978 年，律师制度中断。司法部被裁撤，律师制度成为一张废纸。

1980 年 8 月 26 日，经过两年的探索，第五届人大常委会第十五次会议，通过并颁布了《中华人民共和国律师暂行条例》。这成为新中国第一部有关律师制度的"基本法"。使我国律师制度的建立、发展走上了规范化道路。

1986 年 7 月，第一次全国律师大会在北京召开，宣告成立中华全国律师协会。会议通过了《中华全国律师协会章程》，迈出了行业自治的第一步。

1993 年年底，国务院批准司法部《关于深化律师工作改革的方案》。1994 年，律师行业由国家包办的行政编制，改革成合作制、合伙制的格局。

1996 年 5 月，第八届全国人大常委会全票通过了《中华人民共和国律师法》。该法成为我国首部真正针对律师这个群体，专门制定的法律。自此，律师才算真正开始走上了法治化的道路。

《律师法》第二条确立了律师这个职业的定位是"为社会提供法律服务的执业人员"。所执业的律师事务所被定性为"社会中介组织"。

2007年10月28日，十届人大常委会第三十次会议通过了对《律师法》的修订案。明确律师的性质为："社会主义法律工作者"，并开始在律师事务所设立党的基础组织。譬如我们河南未来律师事务所，在2007年，就设立了中共河南未来律师事务所党支部。

新中国律师制度的真正建立，至今区区几十年。在党的正确领导下，律师业可谓起步晚，进步快，发展迅速。在快速发展过程中，当然会存在定位不清、方向模糊的状况。鉴于此，执业律师鱼龙混杂，良莠不齐，也就在所难免。追求利益至上、损害当事人权益的情况也时有发生。

相传有一讼师，为人正直，惯为民请命。

一女子丈夫新丧。公公、小叔子对其图谋不轨，女子宁死不从。女子欲改嫁不能，遂找讼师起状。讼师听后极愤慨，为其写道"新婚夫丧，家三人，翁壮叔大，当嫁不当嫁？"言简意赅，既写出了女子危险的处境，又表明了女子可能被侵犯的紧迫性和严重后果。县太爷看后，对状词深表赞许，当堂判决"嫁"！

另传有一讼师，善歪曲事实，于中取利。

农户王头儿家的羊，啃了邻居李头儿家的麦苗。李头儿找讼师起状。讼师收了李头儿100钱，写道"羊嘴似刀，连吃带薅。一嘴两陇、断根绝苗"。老王头儿接到差役通知，听到状词，心中害怕。也找到该讼师，给其200钱。讼师为其写下辩词"十冬腊月天，地冻如焦砖。别说羊来啃，钢锹也难剜"。县太爷升堂，看到两张状系一讼师所书。怒其挑词架讼，激化矛盾，遂拘传上堂，责打四十大板。

讲这两则故事，不是针对讼师，而是针对整个律师业。律师如果背离了初心，一门心思往钱眼儿里钻，那他和讼师就没有什么不同，甚至连有良知的讼师也不如。

当前，大众对律师执业的意义、法律地位、社会作用，仍不十分了解。老百姓文化层次、法律素养不一，这本可以理解，可少数的行政机关甚至司法机关，对律师的认识还停留在"拿人钱财，替人消灾"的基础上，这就不得不令人唏嘘了。这可能也是执法、司法行政机关部分工作人员，辞职从事律师工作的基础认知。可以断言，就如此的价值取向，很难成为新时期的优秀律师。

《中华人民共和国律师法》把律师的价值观确定为："维护当事人合法权益，维护法律正确实施，维护社会公平和正义。"这三个维护，切实区分了讼师、旧中国律师和新时期律师的职能和作用。

律师这个职业，在中国断断续续，已经存在 100 年了。当代律师行业，聚集着社会治理架构中相应的精英人才。社会如何看待律师，律师如何看待自己，就显得格外重要。

但愿我们的社会、我们的执业律师，不再停留在百年前袁世凯对律师的认知上。

党的十八大以来，律师行业迎来了新发展，党中央进一步明确了律师队伍的地位和作用。按照规划，2022 年全国执业律师要发展到六十万人。律师，已成为这个国家法治建设的一支重要力量。

当律师，绝对不能简单理解为谋生的手段、挣钱的途径。

这个群体对价值观、社会责任感的确立，在目前看来，显得是如此之重要！

# 走向未来

## ——在河南未来律师事务所建所 25 周年及乔迁新址 会议上的欢迎词

人间四月春正好，又是一年红绿浓，在一年最为美好的季节，河南未来律师事务所乔迁新址。在此，我代表河南未来律师事务所全体同仁，向在百忙中拨冗莅临的领导，向同行及企业界的朋友们表示最衷心的感谢，谢谢大家光临！

河南未来律师事务所成立于 1994 年。2000 年，改制为合伙制律师事务所。现律所位于新城区黄河大道南福祥明都办公楼二楼，办公面积 1000 平方米。拥有现代化办公条件，能够为社会各界提供全方位、高质、高效法律服务。服务范围包括：法律顾问、民事代理、刑事辩护、经济代理、行政诉讼、劳动争议、金融房地产、股份改制、资信调查等。

建所二十五年来，河南未来律师事务所本着"团结、务实、奋进、创新"的执业理念，先后担任各级政府机关和五十余家公司企业的法律顾问。河南未来律师事务所曾多次荣获省、市、县先进集体。所内多人被评为省、市、县先进个人，荣立三等功；所内工作人员撰写的十数篇文章在国家级和省级报刊发表。

河南未来律师事务所全体律师愿以扎实的专业知识，严格的服务制度，丰富的实践经验，严谨、敬业的未来精神，竭诚为社会各界提供优质的法律服务，最大限度地维护当事人的合法权益。

在此乔迁新址之际，我又想到了未来所的多次乔迁。我想起了，二十世纪九十年代初的三间起脊小砖瓦房和昏黄的 30 瓦电灯泡；我想起了，二十世纪九十年代中期水利局一二楼的拥挤；我想起了，二十一世纪初独栋阁楼的寒冷；我想起了，2008 年律所自购办公室的渐次落伍……如今，我看到了现在办公面积 1000 多平方米的新址。纵观乔迁，每一次乔迁，都是一次蜕变、一次涅槃。

最后，我以《诗经》中的两句诗结束我的感谢，诗曰："伐木丁丁，鸟鸣嘤嘤，出自幽谷，迁于乔木。"再次感谢大家的光临！

# 厚德尚法 不忘初心
## ——在庆祝河南未来律师事务所成立25周年大会上的讲话

1994年，著名律师崔荣文主任创建了未来律师事务所，未来所历经原阳、新乡到河南的冠名变更，主任也从崔荣文、万家到本人。至今日，河南未来律师事务所已走过了25个年头。

25岁，于人之生命，则是风华正茂时；于追求百年梦想的未来律师事务所，亦可谓朝气蓬勃正当年。然而，相较于新中国律师制度，创办25年的未来所，则被同行称之为"长者"。

那么，回顾未来所的25年，我们做了什么？思考了什么？又悟到了些什么？作为未来所每一分子，理当思考之。

第一，未来是知名的。

不仅在原阳县、新乡市，乃至河南省，未来一直是人们无法忽略的律师事务所。谈到未来，人们首先想到创始人崔荣文律师，想到他所经办的案件，想到了未来在原阳县律师界所拥有的诸多第一。显然，未来所不仅是原阳这个县城成立最早的律师事务所之一，而且因万家主任的情怀，还有着文学社团和书社这些辉煌历史的传承。

第二，未来是敬业的。

作为律师事务所，业绩是基础。未来所经办过众多具有重大社会影响的案件，并使其在区域业内享有很高的声誉。未来律师在祖国各地的法庭慷慨陈词，办理的无数案件，成就了未来不俗的业绩。

第三，未来的根是红的。

未来所有着红色的基因，创始人崔荣文律师有着近50年的党龄。未来所2007年已成立了中共河南未来律师事务所党支部；2017年，根据司法行政机关的要求，成立了中共原阳律师行业联合党支部。目前未来所的党员覆盖率达到了70%以上，合伙人100%是党员，党的先锋领导作用在未来所发挥着决定性作用。

第四，未来是幸福的。

未来所从成立到现在，得到社会各界的大力支持。各级政府、行政主管部门、律师协会给予未来所众多的荣誉和鼓励；未来的客户和法律顾问单位给予未来所以最大的信任。未来所是河南省、新乡市法学会多个研究会的常务理事、理事单位，是河南省、新乡市律师协会多个业务委员会的执行委员、常务理事单位，是河南省司法厅、河南省律师协会、新乡市律师协会表彰的优秀共产党员、优秀律师获得单位，是新乡市委、市政府"七五"普法、法治智库的专家单位，是县政府、县人大及十数家行政机关的法律顾问单位，数十项的社会和行业荣誉是对未来所工作的肯定。因此，我们说，未来是幸福的。

第五，未来是专业的。

荣誉、业绩是一种社会认可，这种认可离不开专业素养的支撑。未来所陆续出版《企业法律风险防范》《新三板挂牌指南》《民营企业法律问题百问百答》等多本法律读本，多名未来律师的个人论文也相继发表。

如今的未来所与郑州大学、郑州大学西亚斯法学院、河南理工大学法学院建立教学实践基地。在他们的带动下，事务所的专业素养将进一步提升，未来的专业味将越来越浓。

第六，未来是感恩的。

也许办案是出于执业的要求，奉献爱心则出于感恩之心。未来的成就源自社会的支持，未来必会回馈社会。对社会弱势群体的法律援助，面对贫困儿童、受灾的人们时，理所当然地伸出了援助之手。未来律师长期坚持、最大限度无偿办理法律援助案件，未来人走社区、进学校，始终把普及法律当作自己的分内事。未来律师的爱心温暖着受助的人，也抚慰着自己的心灵。

第七，未来是曲折的。

世上没有永远的顺利，事物都在曲折中前行。尽管未来取得了令人瞩目的成绩，但并非没有失误和坎坷。从体制上看，从原来的国办所到主任负责制所，再到现在的合伙所；从负责人看，事务所的主任也从崔荣文律师、万家律师，再到本人；从管理机制看，从主任负责制到合伙制再到现在的合伙人会议制；从人员流动看，原阳县重要的律师活动上经常可以看到有"未来血缘"的律师活跃在会场，从 2018 年上半年的衡度，到下半年的良秦，都成了开枝散叶的兄弟所。这些变化，都伴随着未来所的变迁和波折。涅槃后，就是重生。

第八，未来是幸运的。

在不断偏离、不断颠簸又不断修正的过程中，事务所的发展曲曲折折、坎坎坷坷，改革、创新、发展的阵痛，一次又一次考验了这个行内知名的"老所"。所幸的是，风浪过后，我们整理好队伍、调整好航向，更新好装备，带着我们的宝贵经验，信心满满地朝新的目标行进。望着远去的波涛，我们不免感叹，未来是幸运的。

第九，未来是温馨的。

经过了风风雨雨的未来人，开始了再次创业，向新的目标出发。如今的未来所，核心律师团队迅速壮大，彼此沟通顺畅，业务创收明显增长，业务研讨空前活跃……但是，若说最大的变化是什么，就看未来所里，那种如兄弟姊妹般的感觉！大家互相理解、彼此尊重，愉悦的目光里充满着亲切，温馨的感觉如春风般沐浴着每个未来人。

说完了未来所的一路走来，如果我们就此打住，那么纪念就失去了意义。因为，25 年的回顾，绝非为了这种乏味介绍与空洞的陈述。而是为了发掘现象背后隐藏的精神价值，隐藏其中的，让所有未来人乃至律师同行反思的共同命题：律师、律师事务所需要什么样的价值？需要倡导什么样的文化？培养什么样品格的律师？

作为未来律师，我们后面的路该怎么走！我想"志存高远、海纳百川、厚德尚法、共铸未来"是我们的共同理想。关于未来的未来，有几个基点，和同仁们共勉。这也是我们用了 25 年的时间得出的执业感悟。为此，我们付出过代价，也换得了真经。

一、以党建促所建是未来所永远的方向。

党的建设是我们永恒的追求，是我们立所之本，我们将以听党话、跟党走、让党放心为执业宗旨，坚持以政府的执政理念为服务目标，以护航企业健康发展为方向，把未来律师事务所打造成一支党领导下的特别讲政治的队伍。

二、民主是我们生存的基础。

这是 25 年未来之路最重要、最深刻的感悟和收获。作为法律人，我们深知民主的价值。我们必须牢记：民主的基础是妥协。不懂得妥协，就不懂得民主政治的内涵。选择民主首先要学会个人意见被否定时，还能欣然处之的成熟心态。

三、要摆正商业化和职业操守的关系。

律师事务所的发展，无法脱离律师职业商业化的基本特性。我们不是政府机关，不是事业单位，不是其他组织，离开了市场，没有了创收，我们将无法生存。批判事务所"唯创收论"的观点是不尊重规律的。但是，当我们渡过了生存关之后，我们不能让崇高的民主理想、伟大的法治精神和神圣的职业价值，都坠入到商业利益的世俗之地。如果利益背后没有文化，文化背后没有思想，思想背后没有精神，任何繁荣都将破灭。衷心希望全体未来人能够率先做到免俗。怀着民主法治的共同理想，把听党话、跟党走、让党放心作为我们的行动指南，一同耕耘未来！

四、打造百年老店，需要不断创新，也需要懂得坚守。

一家事务所真正的能力，是创新能力和坚守能力的结合。创新是我们进步的灵魂，我们需要创新知识，也需要创新方法；我们需要创新文化，更需要创新思想。没有创新，我们就会停滞不前。而在创新的基础上，我们更要懂得坚守。因为没有坚守，就不能形成传统，我们的百年老店之梦就无从谈起。为了我们的百年大计，我们需要坚守我们的品质和人格，更需要坚守我们的道德和理想。

五、古人把"立德、立功、立言"谓之人生三境界。我希望，这能够成为我们全体未来人的共同追求。儒家把"三立"称之为"三不朽"，是人生追求的最高境界。其中，立德是讲做人和做人的原则；立功是讲做事和做事的成就；立言是做学问的追求。

首先，我们要做一个有道德的高尚人，而高尚并不是一句空洞的口号，它需要我们从点滴做起，因为习惯成就品德；然后，我们要做一个有才华、有作为的人，用我们的职业技能，为了公民的权益，为了社会的公平，为了国家的法治建设做出我们的贡献；在此基础上，如果我们能再著书立说，传世后人，那真是实现了一个完美的人生未来。如果我们每一个未来人都实现了人生理想，就一定能够共同缔造未来所灿烂的未来！

六、未来不仅是一艘乘风破浪的航船，她还应该是一个遮风挡雨、温馨如家的港湾。

未来应该成为全体未来人永远的精神家园。我们不是只懂得奋发向上，在追求职业价值的同时，我们还要学会欣赏沿途的风光。我们快乐，我们健康，我们和谐相处，分享彼此的快乐，分担彼此的忧伤。在未来的平台上，我们一起抵抗命运的风雨，我们也一起沐浴未来的阳光!

　　各位领导、同仁们, 25 年的未来所已成为历史。这段历史是我们征程的记载, 也必将成为后人的财富。我们敢于正视问题和不足, 说明我们还行走在健康、正确的道路上。只要我们懂得坚忍和坚持, 就没有战胜不了的困难。我相信习主席的话: "幸福是奋斗出来的。" 只要我们团结一致, 不忘初心, 踔厉奋发、砥砺前行。我相信, 我们未来律师所, 必将铸就出更加辉煌的未来!

　　谢谢大家!

# 辩护在苏州

"上有天堂，下有苏杭"，苏州的繁华与富庶，可见一斑。

2005 年前后，打工者拥向了江、浙、沪，给这些省份的生产制造业带来突飞猛进的同时，其副作用也暴露无遗——违法犯罪率的直线上升。在那几年里，我在这些地方办理了大量的刑事案件。

在苏州承办刑事案件，与在北方省份大有不同，我感慨良多。

2005 年农历的正月初七这天，因一起未成年人涉嫌抢劫的案件，我们来到苏州市虎丘区公安分局的枫桥派出所。我们要求了解案情、会见当事人。

当值的民警热情地泡茶接待我们。他告诉我们，春节刚过，按照当地的习俗，第二天才是全员上班的时间。他急忙又解释说："你们这么大老远地来了，就先把公函手续交了。现在就去给你们调卷，供你们了解基本案情。至于会见当事人，还要先到虎丘区公安分局法制室办手续。你们就不要再跑了，分局法制室的手续我们去给你们办。初八是正式上班的第一天，上午开会。承办警官一定上班，保证你们明天可以见到当事人。"我们离开派出所，值勤民警把我们送到门口，客气得很!

第二天，我们再到枫桥派出所，所里果然在开会。接待室的工作人员见到我们，就让我们先喝茶，他去通知办案民警。一会儿，一辆警车就停在了接待室门口，办案民警说："上车吧，我送你们去看守所。"会见结束，民警又问："万律师、邢律师你住在哪儿，我送你们回去。"这里满是温馨!

这案件在检察院的审查起诉阶段，抢劫罪就改变定性，确定为抢夺罪。到了法院。我们发表的从轻、减轻理由，在质证后法庭当庭采纳，当庭判决拘役六个月。

同一年，我们办理一起盗窃案件。当事人盗窃了一家公司的电脑，价值38000余元。该案由苏州市平江区人民法院审理。

该院刑事审判庭三名法官均是年轻的女同志。庭长是北京大学的法学博士，知性儒雅。

庭审中，我就公诉方的证据抠得比较细，称鉴定书鉴定的电脑是包括了音响、鼠标等配件，而我的当事人没有盗窃这些物品。由此，我推出鉴定结果错误的结论。从而我主张：案件应退回公安机关重新侦查的程序问题。审判长当庭要求我明确辩护的最终量刑意见。我说要求判缓刑。审判长立即请公诉人向领导汇报，案件是重新侦查还是同意辩护人的量刑意见。最后，公诉人同意我请求对犯罪嫌疑人判处缓刑的量刑意见。法庭当庭判决，判三缓三，并处罚金三万元。我方表示服判，公诉人表示不抗诉，案件就此了结。

本来要等判决书下发，经过十日生效，我的当事人才可以释放。审判长让我为当事人担保，办理取保候审手续。当事人在庭审闭庭后，随我一起走出法院的审判庭。

之后，在相城区、吴江区、沧浪区等法院办理的刑事案件，判决结果都令我及我的当事人认可，判决确是罚当其罪，均未上诉。

我生在河南省新乡市，据不完全统计，东南发达省份的刑事判决量刑尺度与北方内陆省份差异明显。北方内陆省份刑事量刑普遍更重。在内陆省份中河南省的刑事量刑又普遍比其他省份重。在河南省各中院中，新乡市法院又比其他市级法院的量刑重。

在苏州办理刑事案件，公诉机关的起诉书，会将犯罪嫌疑人的从轻情节、加重情节，直接认定并在起诉书中释明。公诉机关追求的是罚得其罪，而不是追求被告人判得重，从而显示公诉人的优秀。对轻型犯罪他们重罚金，慎重适用实体刑罚。他们对当事人谦和而庄

重。他们尊重辩护人，即使辩论得再激烈，也绝不迁怒犯罪嫌疑人。应该说，这才是我心目中的检察官形象，他们善良而正义。

那一段时间。我真的考虑过，我是否应该到这些地方执业的问题！

做律师久了，你会发现律师不仅仅是你的职业，当律师不仅仅是你谋生的手段，你会越来越在意尊严和尊重！

# 血腥传销

　　传销，国人趋之若鹜，始于二十世纪九十年代。

　　河南最早的传销组织，当属"康复德"。

　　有港、澳、台或国际集团的背书，传销在此地得以立足。在郑州西流湖的豪华总部，一批又一批会员来开会、听课，之后奔赴各自所在的城市、乡村，成为各地的经理。

　　齐老兄，便是其中之一。

　　晚饭后，该兄突然打电话，邀请我去听课。我一听就知道是传销，就把电话撂了。不去！当时我正在读中央党校的经济管理，经济学的基本规律告诉我，传销就是个骗局。

　　"康复德"在河南折腾了大概半年时间，骗了一批又一批的老百姓，主犯携款潜逃。

　　2005 年，传销这把戏又花样翻新地在广西北海遍地开花。理由很简单，这地方做传销成本低。北海冬季不冷，传销人员无须被褥，一条床单就可以打发一个人。

　　陡门乡是原阳的一个闭塞小镇。小李是个很有想法的小伙子，走出老家那一天，就想着挣大钱，人前显贵。

　　小李到北海时，该地正在严打传销。

　　当地把搞传销的人称"老鼠"，把传销组织称"老鼠会"。小李在此地，没有什么发展的空间。传销组织也正向周边地市蔓延。

小李就随传销组织辗转跑到了贺州。小李是很有能力的人，没多长时间就发展了多个下线，其中一条下线，有五个人。小李传销的是西服，一套 6000 元，传销层层返利。下线找不到下线，就找小李退钱。

这钱，小李也没有得到，无钱可退！

这伙年轻人就把小李堵在出租屋里，逼要银行卡和密码。最后发现小李也没钱，就把小李以残忍的方式杀害了。

公安机关没咋费劲，就把嫌疑人都抓了。

我是审判阶段承办的这案件。看卷宗，也觉得有一股子血腥味。

这五个被告人都是初中没毕业，家庭贫困，当然也就不会对受害人家属进行赔偿。庭审结果是两个死缓三个无期徒刑，我办结了该案。

近年来，传销并未从我们的视野中淡出，倒是手段越来越先进，名头越来越高端。

前些日子有新闻报道传销组织，主犯是名校的大学生，利用网络进行传销，涉及金额达数百亿。

宋丹丹在小品中说："薅羊毛，就尽一只羊薅，还不薅得像葛优?" 传销者深谙此道，他们利用大数据、高科技，对这些羊进行筛选，只挑肥的。

由此，我又想到股市、债券和货币。

谁都想自己掌握自己的命运，不被收割，所以就有了货币、金融自由化，所以就开始有了战争。

# 致敬退役军人

今天，作为人大代表，参加了对退役军人服务局的调研，我看到国家对退伍军人无微不至的关怀，感慨良多。回想多年前我办理的一起退伍军人安置案件，再看今日之巨变，由衷欢欣。

对于退役转业军人，社会应该关心他们，政府应该关爱他们，将他们进行妥善安置。这既是国防建设的需要，也是弘扬社会正气、促进社会公平正义的需要。当他们脱去穿了十余年的橄榄绿军装，转业到地方，需要安置时，退役军人安置"接收单位不接收，退役军人不满意"的困局。

改革退役士兵安置办法，寻求新的安置路径，创新退役士官安置方式，建立与国情、与市场经济相适应的安置体系，实现在困境中突围，是当前安置工作需要研究解决的重大课题。

作为执业律师，我们有义务把我们在办理大量退伍士官劳动和社会保障案件中遇到的法律瓶颈，与全体同仁共同探讨，把这项关系国防安全、社会稳定、军队建设的工作做好。

1986年，尚某某应征入伍，在北京军区某部服役，后转成士官。2002年已退出现役；2002年2月20日，河南省复员退伍军人安置办公室出具河南省接收安置转业士官通知书。2004年2月16日原阳县退伍军人安置办公室（原安字55号）《安置复员军人为全民所有制职工的通知》尚某某被安排到河南省汽车制动器厂工作。2004年2月26日，中国共产党原阳县经济贸易委员会出具了中国共产党党员组织关系介绍信，将尚某某的党组织关系转到河南省汽车制动器厂党支部，同时将尚某某的户籍转到河南省汽车制动器厂。2004年2月河南省汽车制动器厂与浙江万向系统有限公司共同出资，新组建了河南省万向系统制动器有限公司。尚某某到河南省汽车制动器厂报到时，该厂负责人以尚某某体检乙肝五项澳抗为由拒绝接收，但未将尚某某的档案退还劳动人事机构。尚某某之后一直到河南省万向系统制动器有限公司找人说明情况，但一直未得到妥善解决。尚某某常住人户口登记显示其户别为非农业集体户口，住址为城关镇府君庙街15号，即河南万向系统制动器有限公司所在地。尚某某在原阳县人民政府各安置机构，与河南省万向系统制动器有限公司之间被推来推去，其工作一直未予安置。

2010年，尚某某向原阳县劳动争议仲裁委员会申请劳动仲裁。2011年裁决书裁定：被申请人河南省万向系统制动器有限公司自裁决生效之日起十五日内为申请人尚某某安置工作岗位，签订劳动合同。河南省万向系统制动器有限公司在仲裁裁定生效前向河南省原阳县人民法院提起民事诉讼。

2011年后续的民事裁定书裁定：该争议不属于劳动争议案件和其他平等主体之间发生的民事案件，驳回原告河南万向系统制动器有限公司的起诉。囿于该裁定，被告尚某某的工作安置又被置于原始未安置状态。

原告已接受了被告的相关安置手续，仅仅因为被告有病没有安排上岗，不影响劳动关系的效力。根据行政法规，志愿兵退出现役后，服役满十年的，由原征集的县、自治县、市、市辖区的人民政府安排工作。被告系志愿兵，服现役满16年，退役后被原阳县退伍军人安置办公室、原阳县劳动局安置到河南省汽车制动器厂工作，该安置符合兵役法和有关政策规定。河南省汽车制动器厂以被告乙肝五项澳抗为由，拒绝接收，违反了《中华人民共和国兵役法》第六十三条和《就业服务与就业管理规定》第十九条的规定。2004 年河南省汽车制动器厂与浙江万向系统组建了河南万向系统制动器有限公司，该公司接纳了大部分河南省汽车制动器厂的职工，却仍未为被告安置工作，没有依据。河南省汽车制动器厂及河南万向制动器有限公司没有为被告安置工作，亦未与原阳县退伍军人安置办公室联系，退回被告的档案，造成被告至今没有得到安置，具有过错，应承担责任，为被告安置工作岗位，并与被告签订劳动合同。本案系执行兵役法和政府的有关人事政策问题，原告起诉不适用诉讼时效的规定，被告申请劳动仲裁不超过劳动时效。故河南万向系统制动器有限公司应安排被告上岗，签订劳动合同。因此，这项裁定书是有争议的。

当前，我国各项改革正在深入推进，不断变化的新形势，对退役士兵安置工作提出了新要求。机关、企事业单位用人制度在政治体制改革中不断规范，人事改革的结果形成了三个方面的准入制度：一是国家公务员凡进必考；二是事业单位全员招聘；三是企业自主用工。由于当前我们实行的还是政府指令性安置与自谋职业相结合的退役士兵安置方式，这种安置方式与国家政治体制改革后的人事制度形成了尖锐的冲突，与社会结构存在着深层矛盾。政府指令性安置，直接向单位派遣退役士兵，明显不符合国家人事制度改革精神，是对机关、企事业单位用工自主权的直接干预，特别是在像原阳县这样的农业县、省级贫困县，在实际安置工作中，为数极少的企业或用人单位难以接受，直接或间接地抵制政府指令性安置对象，政府对退役士兵的安置效能降到了前所未有的低点。

著名作家魏巍写的《谁是最可爱的人》，唤起过无数热血青年报效祖国，卫国戍边的爱国情怀。他们投身绿色军营，在部队训练、军事演习、抗洪救灾、抵抗外辱和执行特殊任务中甘洒热血！为国防建设、部队建设、保家卫国和保护人民财产安全做出了巨大贡献。不乏可歌可泣的英雄事迹！

政治体制改革的深入推进，要求我们必须改革不合时宜的退役士兵安置方式，建立与之相适应的安置办法并加快法律政策制定的进度。形成军队、政府、企、事业单位，劳动仲裁机构，司法机关多方联动，以共同保护退役士官的劳动安置和社会保障工作。让在军营流血流汗的退役士官，在地方退役安置时，不再流泪。

全社会，请善待这些最可爱的人。

# 良知说

　　新生效实施的《民法典》，以确立"社会价值观"为立法目的。这是一个长足的进步。作为具有中国特色的社会主义国家，法典为社会价值取向、弘扬正义提供了法律支持。

　　价值观，本来就是个认识问题。对"社会价值观"的落实还要看法官们的勇气。

　　由此我想到了自由心证。

　　自由心证，在国外法的文献中，往往被称为自由心证主义。主要内涵是："法律不预先设定机械的规则来指示或约束法官，而由法官针对具体案情，根据经验法则、逻辑规则和自己的理性良心来自由判断证据和认定事实。"

　　自由心证，在我国法学界又被称为内心确信制度。是指法官依据法律规定，通过内心的良知、理性等对证据的取舍和证明力进行判断，并最终形成确信的制度。

　　自由心证，考量的是司法者的良知，司法者不讲良知，就不可能有真正的法治。

　　法律靠司法者执行，好的法律必得有良心有良知的法官来维护。

　　司法者，精通法律者也。如何运用法律，利用法律知识、司法经验、人生阅历，灵活裁决，最大限度保护弱势者的正当权益，关乎法律的正确实施。

有人说："法官、检察官有良知、有正义，就会紧紧扶住无权无势百姓的腰，不使其跌倒不起；死死钳制有权有势权贵的手，防止其魔爪伤害良善。"

张扣扣案，就是教训。

王家有三个体强力壮的儿子，在村里比较强势。张扣扣的母亲被王家打死。

而王家的大儿子是汉中市南郑区某管理处的主任。众人犯罪，王正军一人顶缸，且可以在一年半时间内，获得减刑四年的机会，服刑三年就出狱。王家人拒绝道歉，仅赔偿数千元丧葬费，而赡养费、抚养费、死亡补偿等一分不给。

张扣扣姐弟二人上学，没钱吃早饭，要饿到中午，才能跑回家吃。张扣扣原本成绩不错，却因为交不起学费被迫辍学。

最终张扣扣激愤杀人，王家父子三人命丧黄泉。

我们分析该案，不因它有多么血腥，而是因为当年张扣扣母亲的权益没有得到法律保障。

最公正的法律条文都是机械式的，冷冰冰的，死板板的，不通人情世故。唯有检察官法官的良心良知，才能让法律鲜活起来。也只有法律的实施饱含人情味，富有生命力，才不至于远离社会常识，失却人间常情，违背世间常理，丧失良知正义根基。

现在，总提倡法律共同体，我认为是不妥的。法律赋予法官的职能是裁判的公平；法律赋予检察机关的职能，是对法律的实施和监督。而律师，却是以人权或私权的维护为己任。任何一方的强势，都会导致天平的失衡和良知的泯灭。在我国，强势的永远不会是辩护人！

法律共同体，肯定不是勾兑。律师也永远不能成为参与勾兑的一方，如果律师胆敢这样做，那这个职业就失去了设置的意义！

如果法官办案，演变成司法流水线，仅仅走流程。在智能化时代，法官根本没有存在的必要，完全可以由智能机器人代替。

如果检察官办案，只是为了加重被告人的刑事处罚，其实他也没有存在的必要，完全可以靠大数据代替。

如果律师办案，不能全心全意为自己当事人的罪轻、无罪而辩论、抗争、激愤，那他肯定不会是个好律师。换言之，他就没有存在的意义了！

马克思说："法官是法律世界的国王，法官除了法律没有别的上司。"

法谚说："检察官，是案件进入刑事审判程序的守门人。"

胡乔木说："你戴着荆棘的王冠而来，你握着正义的宝剑而来。律师，神圣之门又是地狱之门，但你视一切险阻诱惑为无物。你的格言：在法律面前人人平等，唯有客观事实，才是最高的权威。"

无论时代如何变迁。司法者、执法者、律师都应当坚持各自的初心和理想，用良知来书写自己的法律人生！

# 什么样的律师

对方有小三就能让他净身出户，律师可以帮你跟踪、偷拍取证……电影、电视剧中一些与现实完全不符的情节，实在令人扼腕。

从《金牌律师》《离婚律师》《决战法庭》《女士的法则》再到《玫瑰之战》，近两年，律政剧接连在各大卫视热播。"《玫瑰之战》一战就彻底告别了律政国剧的顽疾，让观众看到了改变。""不管什么类型，只要用心做了，观众都能看得见。在《玫瑰之战》中，我看到了国产剧的更多可能性。""律政剧是国剧一朵带刺的玫瑰，但能让带刺的玫瑰奋力绽放，才最美。"观众们对这部律政电视剧给出如此高的评价，作为律师，本人实在不敢苟同。

热播律政剧，何时才能在法律上更严谨！这是个问题。

把律师打扮成导演演员心中固化的形象：西装革履、口才无敌、冷酷有钱；案件动辄数亿，损害赔偿随手数百万；把律所设计成角斗场，把合伙人装扮成商人；律师必须谈恋爱，而律所必然不准谈恋爱；当事人必然是富豪，且当然有小三，小三必然被曝光，最后当然小三也是好人。这是些什么狗屁逻辑，亏他们想得出来。

纵观当下的律政剧，严重脱离实际，内容不严谨不说，甚至出现涉法错误。

对一部律政剧来说，法律、律师、案件，三者缺一不可。"律政剧与刑侦剧最大的区别在于后者重在查明真相，只讨论事实，而前者不能止步于此，还要延伸到法律评价。

律政剧创作要融合法学、司法实践和戏剧文学创作。涉及法律评价，必须有司法实践，这技能职业编剧不可能掌握。所以说，律政剧创作，最理想的状态是由专业编剧和职业法律人作为共同编剧，而不仅仅是邀请一名法律顾问。

国内为数不多的律政剧，共同的问题就在于把行业剧偶像化。律政剧需要烟火气，需要收视率，但不能简单地用生活化的方式去解决法律问题。优秀的律政影视作品，应该由专业的法律人组成团队，提供定向服务。法律行业专业人士要全流程参与，从剧本创作、影片拍摄，直到剪辑定审，要全面审核、多维介入，不囿于看法律知识对错，还要看角色言行外貌、场景设置等是否符合行业规范和习惯。

在人物塑造方面，律政剧常常被吐槽的一点是人物形象过于单一，律师、检察官等形象常常被塑造为全身开挂、战无不胜的完美人物，很难让观众认同。

律师职业是反映时代变化、社会问题和人性的窗口。通过律师的形象，律政剧可以发挥它观照社会、观照人性的社会写实功能。因此，律政剧在人物塑造上不能停留于出入高级写字楼的表层，悬浮于普通百姓生活之上。律师、检察官还有法官，在获得职业身份之前首先是一个人。人物和观众要融合，就要写出他正常人性的一面。

事实上，邻家律师、小律师、死磕律师、热血律师、蒙冤律师屡见不鲜，中国律政剧不能只有精英律师。用律师的职业性特点，合理的戏剧冲突来吸引观众，塑造出真实的，有欲望的，有缺点的，有痛苦的律师，甚至是法官、检察官形象，形成一个多样化的法律生态，才是正途。

律政剧中，多表现女性律师，这是律政剧最大的败笔。截至目前，我还没有看到哪一部律政剧，有一部符合真正女律师形象的成功范例。套路化、情绪化、脸谱化、高冷化、洁癖化，不一而足，简直很难想象这样的女律师是个活生生的人。

一部律政剧，应该有什么样的示范引领，是创作的灵魂。一部出色的艺术作品，应对读者观众的人生观，价值观产生影响；律政剧是现实题材剧，不是可以戏说的。

律师是特定行业。其代表的社会价值观，是社会发展中公共道德的基石。法律行业，是要彰显法治精神，是要维护社会秩序和公平正义的！因此，律政剧中法务工作者的职业素养不可缺失。这类剧，要真正体现律师的职业素养，传递正确的价值观。

律政剧，在价值取向上，应更多地引领，而不是迎合观众。

律师在终极价值的追求，特殊职业的伦理困境，人性的选择和挣扎等方面，都可以有更深层次的精神内涵，反映社会的现实问题，从而引领观众对法治社会、法律本意的思考。

莫言先生说："伟大的作品，没有必要像宠物一样，遍地打滚赢得贵族的欢心；也没有必要像鬏狗一样欢群吠叫。它应该是鲸鱼，在深海里，孤独地遨游着，响亮而沉重地呼吸。"

愿有真正好的律政剧出现，我拭目以待。

# 风雨兼程

从 1997 年，自我担任实习律师开始，至今算起来律师执业已有 25 年。

二十世纪五十年代到八十年代，民众认为律师是替坏人说话者的代名词。到二十世纪八十年代后期，才建立起律师资格考试制度。

我 1997 年通过律师资格考试，是以非法学专业者身份参加的考试，用老家的话说是"半路出家"或"半彪"。当时的考试每两年一次，通过率极低，全国每年大概通过的人数在七千人左右。当时，原阳县律师行业只有一名法律专科毕业的科班生朱约杰。

我执业的前三年，基本没有案件可办。事实上我在单位上班，只是在未来律师事务所挂名。真正执业，应该从 2002 年算起。

父亲是在 1999 年因为心梗去世的，父亲的去世太过突然。大哥和我都是极传统的人，按照老家的规矩，大哥百日不理发、不剃须、不换白鞋。我也在家守孝三年。

重新执业，要重新实习，所以我的执业证是 2003 年拿到的。

执业的前三年，我和国强兄合作办案。那三年，我俩几乎形影不离，同吃同住，同感慨共愤恨，建立了情同兄弟的真感情！

那年头，经济欠发达的原阳县，整个法院一年的案件数百起，请得起律师的只是少数。那时候，母亲有病，爱人下岗，三个孩子均在上学，经济上我家入不敷出是常态。幸有万家兄偶尔会交办我们个案件！

那时节，律师收费很低。民事案件也多以离婚、宅基地、相邻权、土地承包权等为主，收费大多在 500-1000 元，刑事案件三个阶段，收费 3000-5000 元。我从来都感恩交给我们案件的人，给案件我办，就是给我钱呀！

那时节，我有辆 125 摩托车，经常是跑东家串西家地调查取证。现在说起原阳县的某某乡镇某某村，我还能立马想起它的方位。我渴望办好每一起案件，偶尔有败诉的案件，就会好多天不开心。

律师这个行业，业务能力靠自己提升，案源靠自己找，修行靠自己悟。作为一个县域的执业律师，在那个年代，想样样都做好，还是很有些难度的。

在开始执业的那五六年，一台电视机、一台影碟机始终与我相伴。在二十世纪九十年代，我花一万多元买了《法学名家精讲》系列光盘，每天晚上看五个小时，我学习陈兴良先生的刑法、陈瑞华先生的刑诉法、卓泽渊先生的法学原理、郭明瑞先生的民法总论、梁慧星先生的民法分论、应松年先生的行政法学、刘家兴先生的民诉法学等等讲稿。现在，我向做律师的儿子说起这些，他会说，为什么不用电脑！事实上，那时期法院的判决书还得先打蜡纸，再油印。电脑是个不可企及的稀罕物。

渴望开庭，是每一个律师的追求。可没有案件可办，就没有开庭机会，那你学的东西就无法得到验证。于是我就去旁听万家兄、荣文兄的庭审。

渴望案源，可能是每一名初从业律师的焦虑。说白了，没有案源就没有营收，就没有饭吃。这也是差不多同时期通过资格考试的兄弟们没有辞职从事律师执业的主要原因，因为他们都有铁饭碗！之后，每位想辞职到律所执业的，我都会劝他们慎重！

我的事业有起色，开始于电视台《律师说法》栏目的开办。这得感谢桂记兄、合林兄、中文兄的支持！虽然做这栏目我没什么报酬，一做十年，每周一期，的确累人得很，但那十年结结实实给自己积累了些人气儿。

2019 年，我执业二十年时，我所在的未来律师事务所成立 25 周年，我一路匆匆忙忙、跌跌撞撞地闯入这个行业，有遗憾也有收获。当自己能够有时间停下来，去回望一下走过的路，才发现，自己追求了一身的铜臭！

我始终认为，律师这个群体都是些明白人。谙熟法律，明白事理，整天给他人定纷止争，看惯了世态万象。回过头一看，自己也是一介俗人！

人，可能是需要一场大病的。那种劫后重生，会让人明白很多！施一公说："太空大得超乎你想象。银河系只是其中的一个点，太空中有 2000 亿个银河系，而银河系中有 2000 亿个太阳系，地球在太阳系中，是比较小的星球。"我把施一公先生描绘的太空，理解为中国文化中所称的"太极"，我们都是些小生物罢了。蚂蚁整天忙忙碌碌，就为一口吃的，我们何尝不是！

# 赶考人生

　　回头哑摸这大半生，真正快乐的时光，还是整天领一帮小屁孩儿和邻村的半大孩子打架那会儿。当然，也打本村的孩子。所以，我在村里几乎没留下什么好名声。谁家的孩子哭回去，家长不论二三，就客观归罪"又被晓兴打了！"

　　小学就在本村，老师大多不喊叔就喊婶。我好像还真没有因为考试成绩而受过老师的气。

　　上中学，适遇考中心校。我们村考的是韩董庄中心校，大概有八九个行政村的五年级毕业生参加考试，我是以语文第一的成绩考进中心校的。

　　入学第一天，我就把孟伟的头打破了。

　　高中没毕业，因为有上班的指标，就被单位的车拉去开始工作了。所以，我没有高考的经历，也就没有高考后的悲怆和激越。这也许是一生的憾事了。

　　上班第一天，我就被父亲告诫："干啥，都要收敛着！"这可能是他工作一辈子的为人哲学。可那时，我毕竟是个十六七岁的孩子呀，整天的五马长枪，突然就被要求"夹着尾巴做人"——为了镇压躁动的荷尔蒙，我就拼命读书。其实，也没有什么书可以读，单位工会的存书被我翻了个底儿掉，也无外乎《政治经济学》《资本论》《共产党宣言》《毛泽东选集》《反杜林论》等，扒拉出几册《红楼梦学刊》我就如获至宝，开始通背《红楼梦》中的诗词。这样一来，便把自己弄得多愁善感起来了！

二十世纪八十年代中期，文凭热。我因在乡镇工作，信息闭塞，报考了两个函授，分别是中国人文函授大学的法律专业和中国文学大学的汉语言文学专业。都是邮寄考卷、开卷答题，当然这考试就是"小菜一碟儿"。可我知道这些学校获得的函授学历，国家是不承认的。

当我得知，河南广播电视大学在县（区）招生，遂二话不说，我就报了名。这学历，可是国家承认的呀。电大的考试比较严格，不过我没有挂过科。上电大，我是没有交过学费的，因为他们知道我学过中文，就聘请我作为新乡电大现代文学、当代文学的兼职讲师，以课时抵学费，挺好！我是八七级的，按理该1990年毕业，但我们的毕业证颁发，却整整推迟到1991年，学校也由河南广播电视大学变成了河南省高等教育自学考试委员会。

因为有了专科学历，我在之后的一年，顺利地考过了统计系列的中级职称。考过后我才知道，这职称取得后是可以涨工资的！

我的本科考的是中央党校。我们这个班，被称作党员领导干部经济管理本科班。原阳县那年考上的就只有我一个人，在学习期间，我堪称孤独。

从中央党校毕业的那年，我考到了律师资格证。当时参加律师资格考试的最低学历要求，要么是法律专科毕业，要么是非法学本科毕业。党校的本科学历，着实为我取得律师资格证出了把力。

虽然我拿到律师资格证，但当时，我压根儿没有把律师职业列入自己的人生规划。

我是个没有远大理想的人。阴差阳错，二十出头儿开始当供销社的副主任，二十四五岁，开始到多个基层供销社任主任、经理，被戏称"系统内，最年轻的主任"。

现在，想想都可笑，那年月儿，我还曾热衷于当官！真心话，当官还真不是我的人生追求，就是为了给老爸长脸！

1998年，全县公开选拔副科级考试，据说，这是开天辟地的第一次，要公开招二十三名副乡长。全县近七百名正股级干部在南街小学参加考试。考分公布，进入面试环节的六十九人中，我大概是第十几名的笔试成绩。面试在南关部队的大礼堂进行，我被分在了第二组。答辩顺利，自觉不含糊。之后，我就去问葛部长，他说："如果录取二十四个，就有你"。

2000年，又要公开选拔十五名科技副乡长。我还是没有忍住，就又参加了考试，很不幸又进了四十五名的面试圈儿。面试在当时的"娃哈哈院"里进行。我又在面试时"掉队了"。同时和我一起被淘汰的还有我的一个同学，他在乡财政所工作。知道被"淘汰了"，他还在哭鼻子。我就嘲笑他"这点事，至于哭吗？"他说，这考试对他太重要了！

自此，我再没参加这类考试！

我开始兼职从事律师工作，是在1998年。

我以为取得了律师资格，就当然可以从事律师工作了。在申请执业时，我才知道，正式执业，还必须先实习一年，参加培训，考试过关后，才可以。1997年原阳县就我和王治林通过了律师资格考试。我们都在河南未来律师事务所申请执业，一起在河南省委党校培训。1998年顺利拿到了律师执业证。也就是说，从那时，我已经是执业律师了。

那时，我已调回县联社工作，任法律顾问室主任。

1999年冬，父亲因心梗去世，我顿觉人生悲凉，遂决定辞职，为父亲守孝三年。当再想从事律师执业，还要从头再来，再次拿到执业证已是2003年。

当年的未来律师事务所，虽然从业人员有十数人，但没有一个是科班出身的，有律师资格证的律师，也只有五六个人。

本来收入就不高，司法部又要求，执业律师在2005年前，必须获得法律本科学历，否则执业证不再年审。于是，我又考中南大学法学院的成教高招。还不错，我不但如期获得了法律本科学历，还通过加考，获得了法学学士学位。

从事律师工作后，我仿佛整天在"考试"。这成绩，既关乎委托人的切身利益，也关乎自己的执业声誉，马虎不得。

经历是包袱。小年轻儿，偶有孟浪，情有可原。年龄渐长，就顾虑越多！每一份信任都是负担。你职务越多，身上的责任就越大。所以，你老得绷着，绷着，其实很累人的。

回顾这大半生，我参加的大大小小考试，还不错，考试大多顺利，只有在招副科的两次考试中，沉沙折戟。

人生的生物过程是简单的。从父母的数十万精血中脱颖而出，就有了成为人的可能；娩出时挤得颅骨变形肩胛变形，脐带剪落，才配得法律上一个独立的称谓。你用哭声来诉说你竞争的不容易！

你降生在什么样的家庭，身不由己。你是天赋异禀的神童，还是冥顽不灵的愚人，自己无法决定。你的出生，就是为了死亡，这必然的结果，当然会令你沮丧。

人生，终是归途；已经拱出的卒，容不得悔棋；不管你失意还是得意，身不由己，那就请愉快地继续，这一关关的人生考核。